昭和の記憶

佐々木 順一
Junichi Sasaki

文芸社

目次

一、先祖物語

八幡寺《はちまんじ》は、佐々木家先祖の菩提寺である。

岩手県気仙郡《けせんぐん》住田町《すみたちょう》上有住《かみありす》八日町《ようかまち》にある。ここは先祖の地であるが、曾祖父が隣村下《しも》有住村《ありすむら》字《あざ》奥新切《おくにぎり》に移って別家《べっけ》を起こし佐々木家のルーツとなった。このことを、父からの話の断片と、従兄の話をつなぎ合わせて、先祖の物語とした。

先祖を知りたくて八幡寺を訪ねた。住職の宮崎《みやざき》宜徳《ぎとく》師は、齢九十に近い高齢にもかかわらず気さくに迎えてくれた。過去帳を繙《ひもと》いて先祖を調べてもらった。そこから、佐々木家初代の、曾祖父孫吉《まごきち》は、八日町の佐々木米吉《よねきち》の子であることが分かった。米吉以前は不明であった。孫吉は死亡が大正十五年、七十八歳という記述から逆算して見て、一八四八年嘉永元年の生まれ、曾祖母である妻キクは、同年八十一歳の死亡から逆算して、一八四五年弘化二年の生まれであることが分かった。さらにキクの父紺野《こんの》和吉は、私の母ナカノの曾祖父で、大正三年八十九歳で死亡しているので一八二五年文政八年の生まれと分かった。

江戸時代の先祖の血を引いていることを自覚できた訪問であった。宣徳和尚は、わざわざ衣を改めて先祖供養の読経をあげてくれた。

さて、曾祖父の孫吉と曾祖母のキクの物語は、やや複雑で分かりにくい。若い孫吉が八日町米吉の元を出てからの足どりは分からないが、転々として、落ちついたところが、隣村下有住村奥新切の紺野家であったことははっきりしている。紺野家は羽越本家《はねこえ》といわれ、集落では比較的大きい農家であった。家族も多く、何人か人を雇っていた。孫吉は作男として住みついて働いているうちに、やがてキクと世帯を持った。そして佐々木家の先祖となった。

キクの出自については、同じ奥新切の屋号山谷《やまや》と呼ぶ紺野家であった。ここは私の母の実家であり、キクの父は母には曾祖父にあたる。しかし、キクの母は誰であるか不明のままで、キクは和吉と上閉伊《かみへいい》の女性との間に生まれた私生児であったとか、言い伝えられている。一体、上閉伊の女性とは誰であったか、謎が深まるばかりである。江戸末期弘化二年、和吉二十《はたち》の時であった。上閉伊はもと南部氏領。その女性は、山谷の和吉とどう関係があったのか、推測の範囲を出ない。

話は飛んで。昭和十年頃、我が家に、酒に酔った老人がたびたび飛び込んで来ることがあった。時には、早朝、一家がまだ寝床の中なのに、家に入り込んで喚くのには困った。子どもながらこの事実は覚えている。「彦《ひこ》、酒飲ませろ」と父に叫んでいた。枕元で叫ぶのを私は布団をかぶって堪えていたことは強烈に記憶に残っている。一体、この老人は何者だろう。親戚だろうか。不思議に思っていた。それにしてもとんでもない老人と思った。後日分かったことは一家で遠野に移住してから父は老人と知り合い、以後親戚付き合いをしていたということであった。それは、曾祖母キクの出自に関わっていたことを知ってからであった。キクの母、上閉伊の女性と老人の先祖は同じらしいということであった。このことは、いつどこで父が知り合ったかは不明のままである。そしてどういう経緯で上閉伊の女性が奥新切の山谷紺野家にいたのかも謎である。

酒飲みの老人は、和服仕立職人の新里悦兵衛といった。男物の着物袴の仕立では随一の腕前と言われ、明治天皇の袴を仕立てたこともあるという伝説もあった。父はこの悦兵衛には辟易しながらも、自由に出入りさせていたのは上閉伊の女性とどうやら先祖がつながっているらしいと分かったからであった。

物語は、明治維新、新里家の先祖は浪人となり花巻から遠野に流れてきた。そして気仙下有住村奥新切に山越えし、山谷紺野家に辿り着き娘を預けた。それが上閉伊の女性であった。浪人は遠野に戻り傘《からかさ》張りをして暮らした。

町では傘悦兵衛と言われていたと。酒飲み老人は二代目悦兵衛になる。息子の三代目悦兵衛は酒は飲まず先代からの仕立職に励み、後に文化服装学院を創設し、多くの仕立職人を養成した。佐々木家の先祖との関係を調べるために、たびたび下有住村役場を訪ねたが、上閉伊の女性の戸籍は見つからなかった。ついに名前も分からず、曾祖母キクの母は上閉伊の女性のままでいる。

三代目悦兵衛は、父彦八が亡くなった時は親戚として親身になって面倒を見てくれ、遠縁の繋がりを大事にしてくれた恩人でもある。

二、蕨峠《わらびとうげ》越え

蕨峠は標高五六二メートル、気仙郡と上閉伊郡の郡境にある。私は、峠に近い気仙郡下有住村字奥新切の地で、昭和三年五月十八日に生まれた。父の実家であった。奥新切は明治維新までは、伊達氏領で、南部との藩境の山々に挟まれた谷間の小さな集落であった。

父の実家は通称、羽越別家と呼ばれている小農家であった。標高六一二メートルの峻険な羽越山を背にして傾斜地に建っている。

私が生まれた時は、父彦八は三十歳、母ナカノは二十歳で、姉ノブは三歳であった。父は次男にもかかわらず、四人家族で実家に同居していた。

実家の家族は、当主の祖父慶治が五十七歳で、祖母サヨと長男彦作の妻ナツ、そして息子の秀《ひでる》と四人であった。長男の彦作は、若くして東京に出て帰って来ず、家には老父母妻子が取り残されていた。もともと耕作地に恵まれない山の傾斜地は、水田は作れず、わずかに石ころまじりの畑に稗《ひえ》、粟《あわ》、麦などの雑穀を作るのが精いっぱいであった。祖父は現金収入を得るために、炭焼きを業《なりわい》としていた。炭焼きの腕前を上げ、村人を指導するほどになり、炭焼き指導者として村内を回って歩いていた。父が次男でありながら、家族を抱えて実家に居残っていたわけは、兄彦作の不在の働き手を補うためだったかもしれない。しかも当主の祖父が死んでからは、一層実家では、働き手が必要であった。祖父は、昭和四年四月十日、家の前の谷川に落ちて死んでいた。炭焼き指導で集落を回り、農家で出された濁酒を飲んで、帰る途中土橋から転落して死んだ。五十八歳だった。私は二歳で、祖父の顔は知らない。

父彦八は、明治三十二年に生まれた。下有住尋常小学校を卒業すると、隣村の上有住尋常高等小学校高等科を卒業して、祖父の炭焼きの仕事を手伝っていた。祖父が焼いた木炭を駄馬に積み、遠野の問屋に卸していた。そのたびに越える蕨峠は難所であった。馬が通る道にしては狭く急坂であった。途中で馬が暴れたり異変が起きたりの峠越えであった。約十五キロメートルほどの道のりを歩いて、ようやく町の家並みが見える町端に辿り着いた時の思いはどうだったろうかと想像する。

積んできた木炭の荷を問屋に卸し、空荷の馬を引いて帰る足取りは軽かったにちがいない。父は、遠野の町で必ず寄る所があった。

そこは本屋だった。遠野町には一軒しかない大きな本屋だ。そこで本を買うのが楽しみであったと父は話していた。

実家の長男である兄彦作は、父より五つ年上で、明治四十三年に岩手県立遠野中学校に入学し、大正三年に卒業した。その後向学の志、抑え難く上京、苦学して逓信省《ていしん》（一九四九年、郵政省と電気通信省に分かれて廃止）の役人になった。

当時、岩手県には、盛岡中学、一関中学、遠野中学、福岡中学の四校しかなかった。それにしても、当時エリートの一校に進学させた貧農炭焼きの祖父は、一体どんな人であったであろうと考えさせられる。学資も下宿代もかなりかかったであろうが、五年間通わせて卒業させたことは驚きである。村では村長と医者の息子ぐらいのものであったであろうが。祖父が一生懸命、炭を焼き、父は遠野に荷駄で運び長男に送金したであろう。それだけ祖父は、長男への期待は大きかったにちがいないし、次男彦八が頼りだったであろう。

当時は中学校に入っても学資が続かず、経済的理由で退学する者が多い中で、無事に卒業できたことは、当人の力のみならず、親の並々ならぬ苦労による仕送りによったと思う。彦作は、卒業と同時に二十《はたち》の徴兵検査を受け、そして妻を娶《めと》った。一子男子、秀が生まれた。妻は遠縁の娘ナツで彦作と同じ年齢であった。しかし、彼は妻子、老父母を実家においたまま上京した。郷土出身の代議士の家に書生として住み込み、大学夜間部に通い法律を学んだ。彼の中学校の同級には、第一高等学校から東京大学に進み教授になった、釜石出身の板沢武雄氏がいて、少なからず、この同級生に影響を受けたにちがいない。彦作は苦学の末、高等官試験に合格し、逓信省の役人になった。

気仙の一寒村から東京に出て役人になったと、祖父は鼻が高かったにちがいなかったであろう。

父と母は、実家に留まって、農作業を手伝うといっても、寄食に変わりなく、何かと兄嫁への気遣いも多く、思い切って実家を出ることを決心した。実家から出るとしても、分家する土地耕作地や財産があるわけでなく、全く着の身着のままの独立であった。

父彦八三十一歳、母ナカノ二十一歳、姉は四歳で私は一歳であった。行き先は、遠野であった。自宅の小屋に大きな木箱が残っている。

この木箱は、唯一奥新切の実家から持ってきたものである。蕨峠を越えてきたことを物語る木箱である。これに四人分のわずかな家財道具、鍋釜を入れて持ってきたのではないかと想像する。とても人の手では持ち運びはできそうもないので馬の背に結わえつけて、運んだにちがいない。つい前まで、炭俵を積んだ駄馬と越えた蕨峠を親子四人で馬を引いて、遠野に移住して来た。遠野の家並みが一望できる町端の九重沢《くじゅうざわ》に辿り着いた時、どんな思いだったろうか。赤子の私は母の背中で涎《よだれ》を垂らして寝ていたにちがいない。姉は母の手に引かれ、父は荷を積んだ馬を引いていたであろう。

三、安住の地

父は遠野には何回となく駄馬で炭を運んできているので、その間にかなりの情報を得、知人もできていたらしく、それなりに遠野に移る事前の準備はしていたようである。幸い、同郷の何人かが移り住んでいて、遠野に来るたびに、そこに立ち寄っていたようである。一家の移住にあたって最も力になったのは、この同郷人であったにちがいない。

何より、父は口にはしなかったが、兄の彦作が進学した県立遠野中学校が頭にあったにちがいない。兄は親からの仕送りで中学校に入った。自分は次男《オンジ》で炭焼きと稗畑で自家を支えたという自負心と、このまま一生、炭焼きで終わりたくはない。せめて遠野に移り住んで息子、娘たちだけは学校に通わせたいと思っていたと思う。

私たち一家四人が落ち着いた所は、町のほぼ中央の横町で、新横町と言われていた通り。町はたびたび大火に見舞われていたので、延焼防止の目的で区画された通りであった。そのためか、奥行きがなく、通りに面して外便所（屋外に設えたトイレ）が多く、便所町と呼ばれていた。この通りの端に二階建ての土蔵があった。これは今も残っているが、この土蔵の二階が最初の住まいとなった。

ここに決まったわけは、同郷のTさんの世話によるものであった。Tさんは、この通りで大工仕事をしながら、茶屋をしていた。父はまず、この先達を頼ったものと思われる。暗い一間の土蔵の中、電球一つに明かりとりの窓が一か所、こんなイメージのような気がする。その後、筋向かいの大通りの貸し家に移った。私は三歳であった。この頃からの記憶が少しずつ蘇ってくる。通りには、大きな店があった。我が家の前には、瀬戸物店、洋品店、呉服店、家の並びには、呉服屋、隣に靴屋があった。靴屋では店頭で店主がゴム靴の修理をしていた。時には、通りの風に乗ってゴム糊のにおいが流れてくることがあった。そんな時には、きまって、大きなクシャミが通りに響いた。靴屋の主人のクシャミは、この辺りでは有名だった。向かいの瀬戸物店に私と同じぐらいの年の男の子がいた。いつも三輪車に乗って遊んでいた。私も乗りたいと隙をねらっていた。向こうがいなくなったところをねらって、一目散に通りを横切り、三輪車を占有して、初めての乗り物に得意だった。これが常習だったらしく母を困らせていた。

家の前に水路があった。防火用水の水路で、いつも勢いよく流れていた。家の出入口前は板の蓋がかかっていたが、蓋のない所は幼児にとっては危険であった。一度、そこから落ちて、あっという間に下流に流された。幸い町の人に救われ一命を取りとめた。大事故であったにちがいはない。

この時水死していれば、今の人生はなかった。

突然、通りを馬子に引かれた馬が、何かに驚いて暴走、家の前で遊んでいた私を、あっという間に跨いで走り去った。今でもその時の馬の腹の瞬間が目に焼き付いている。

五歳の姉は、弟を連れて遊んでいたらしい。小学校の校庭が遊び場であった。近くに、宇迦《うか》神社がある。古い神社で一里塚の跡が残っていて、遠野の史跡に指定されている。祠の近くに湧水場があって、年中冷たい水が湧いていた。夏の暑い日には、姉は私を連れてこの湧水場に来た。冷たい水を掬って飲んだ。宇迦神社は真夏の暑い日は暑さを凌げる遊び場だった。社殿に俳句が掲額されている。江戸末期、嘉永七年のものである。遠野近郷、遠く三陸浜、内陸花巻からの俳人たちの献納句である。湧水場は今は無い。

母ナカノが亡くなってすでに五十年。父彦八は死から四十五年、平成二十七年に、市役所建設課の技師二人が訪ねて来た。用件は、母ナカノ名義の土地が公道工事に関わることだった。驚いた。母はすでに遠い過去の人なのに、平成の世に突然と現れてきたような衝撃だった。そしてさらに驚いたことは、母名義の土地の公図が法務局に保存されていたという事実であった。そして所有者ナカノの住所が、昔の住所であったことを知った。ここは紛れもなく一家四人が一時住んでいた家の住所だった。ここで、妹シゲが生まれた。

蕨峠を越え安住の地を求めて初めて落ち着いた、そして再出発した場所というべき住所が証明された気がした。そこは、今、金融機関が建っている。母名義の土地は、市外地に草地一五二平方メートルばかりであった。公道工事で寄付したのは一平方メートルだけで、名義変更やら登記の手続きのために一年ほど要した。お蔭で、遠い過去の思いもかけぬ事実を探り当てることができた。

工事している公道は、元営林署（現　森林管理署）の軌道跡であった。戦時中、営林署が早池峰山《はやちねさん》の国有林を伐採して町まで運ぶため敷設した軌道であった。母名義の土地は謎だが、多分、父が苗木商をしていた時の苗木代の担保だったかもしれない。

大通りの借家から町の北側、田畑に囲まれた借家に引っ越した。古い二階建てであった。持ち主は大工の棟梁で、この辺りでは名の通った人で家を何軒も建てて、貸し家をし、財を成した人物だった。父は材木の取引をする、いわゆる木山師の仕事をして、棟梁とは仕事で知り合い、この家を借りることになった。

物置同然ながら二階があり、下は広く部屋も多くあった。庭もあって、桃の木があって、実が大きくなると、家族で袋かけをした。隣が二軒長屋で、向かいが三軒長屋、さらに二軒長屋と囲むように広場があった。広場から市道に出る通い路があった。

長屋はどの家も子だくさんであった。我が家では妹たちが増えすでに八人家族になっていた。

向かい長屋でも六、七人、近くの家でも五、六人で、この一区画だけで二、三十人はいた。中庭では、夕暮れまで子どもたちの声は絶えなかった。

「かごめかごめ　籠の中の鳥はいついつ出やる　夜明の晩に鶴と亀とすーべった　後ろの正面　だーれ」と、女の子の遊び声がひっきりなしに聞こえた。女の子はきまって集まっては二組に分かれて遊んでいた。男は二人一組で釘さしで陣取りしたり、ベッタ（メンコ）で一騎打ちの対戦に夢中になった。子どもにとって外は狭い家の中より、楽園に等しかった。

厳しい冬になると、北風をまともに受けた我が家の北側は、吹きつける雪ですっぽり隠れるほどだった。父は、杭と稲藁で雪囲いをした。周りの畑も田んぼも雪だった。畑の向こうに軽便鉄道の停車場が見え、遠くに高清水山の峰々が連なって、北風はこの山から吹き下ろしていた。雪は畑一面に積もって大雪原になると、ソリで屋根から滑ったり、雪渡りといって、遠く雪原の端まで渡り歩いたりした。小正月にはカラス呼ばわりといって、団子や餅のかけらを持って、「カラス来い、来い」と叫んで空に向かって投げた。カラスの群れはきまって集まってきた。風のある日には、凧揚《たこあ》げの子どもたちが集まってきた。大小様々の凧が糸に引かれて上空に舞い上がっている壮観さは忘れられない思い出である。

四、ガタガタ半兵エ

昭和十年代、遠野の町で唯一の乗り合い自動車を営業していたのが、半兵エさん。町で芝居や活動写真など催し物がある時は、ビラ撒きや、楽隊の宣伝には半兵エさんの車が使われた。賑やかな楽隊の音に誘われて町の人々は家の中から飛び出し、子どもたちは楽隊の車を追い回した。

半兵エさんは、遠出の貸し切りもしばしばやっていた。中古の外国車で、車体もエンジンも使い過ぎて傷みが多かった。それで町の人々は半兵エさんの車をガタガタ半兵エと言って馬鹿にした。町の交通運輸に貢献しているのに、許されない揶揄《やゆ》であった。

父は山林仕事仲間と半兵エさんの車を貸し切って遠出の旅行をした。初めての旅行なので息子も連れて行きたかったのか、息子がせがんだわけでもないのに、定員オーバーの、大人たちに挟まれて遠野をたった。車に乗ったというよりギュウギュウに押し込まれた箱の中で揺すられている苦痛だけだった。大人たちは楽しそうに談笑しているようだったが、話は一向に耳に入らなかった。目的地はどうやら峠を越えて気仙の浜らしかった。気仙に入る赤羽根峠《あかばねとうげ》では、カーブの多い急坂続きで、私はついに車に酔い嘔吐してしまった。この時ばかりは、車を止め、車外に出て父が始末してくれた。外気で気分を取り直して、車は気仙川沿いに陸前高田、そして気仙沼に着いた。車中で耐えて初めて見た気仙沼港は、青い海に浮かんでいる真っ白な漁船群だった。そして白い羽の鳥が飛び回っていた。みんな生まれて初めての光景に、車の中のギュウギュウ詰めの苦痛が吹きとんだ思いだった。

五、遠野尋常高等小学校

昭和十年に私は尋常科に入学した。

母は入学式に着物を着せ、ズックの肩掛けカバンを肩に掛けて出席させた。初めて会う仲間たちは自分とは違う姿だった。洋服に背負いカバンで、なんだか、違う仲間のような疎外感を覚えた。

学校は、郡内一の大きな学校で、歴史は古く、校舎も古く、教室は暗くて陰気であった。一年生は山際の教室で外は杉の林で、一層暗かった。窓は格子に障子張りだったので、明かりとりのため、いつも障子は開け放されていた。そのため、暗い教壇の教師よりも明るい外に自然と目が向いてしまうほうが多かった。そのお蔭で、杉木立ちの中で何匹ものリスの群れが遊び回っている光景を見ることができた。翌年の二年生も同じ校舎だったので、陽の当たらない暗い環境で過ごした。

昭和十三年に転機が訪れた。校舎は新築され、真新しい教室に移って、自然に気分が晴れた。校舎は広い校庭を南面にして鍵型に建てられた。西側は本校舎で職員玄関を中央に、車寄せがあり、その前には、築山に格好のよい古松がどーんと植えられてあった。

教室は、南側の窓から眩しいほど、陽が差し込んで明るかった。その年の担任は若い女性教師だった。優しく、もの柔らかい話し方が子どもの心にも響いた。その上、授業でも、蓄音機で音楽を聴かせてくれた。「おもちゃの兵隊さん」とか、「うさぎのダンス」は今でも覚えている。最も心に残っているのは、本を読んで聞かせてくれたことである。「母をたずねて三千里」「家なき子」は、毎日学校に行くことを楽しみにさせてくれた。

遠野小学校は戦時体制下でありながら、革新的な学校であった。校長、三田憲氏は着任するや、さまざまな教育を試みた。集団活動などが授業に取り入れられ、児童の活動を促した。

授業では班ごとに教え合い、発表させるなど、児童活動の活発化を図った。ユニークな教育は、教育関係者の関心を呼び参観者が絶えなかった。しかし、いつも浮ついて落ち着きがなかった。基礎的学力定着を図るようなことは、はなはだ疑問であった。それにもかかわらず、革新的教育を受けたことで、児童に自信を持たせることができた。

教室の窓は、冬以外はいつも開放されていた。五月の節句には、家々の屋根の上高く鯉《こい》幟《のぼり》が風に泳いでいる景色が、窓から見え、すばらしいなあ、と眺めた。

窓からは校舎下の道路を巡査に護送されて行く囚人の一団を見たこともある。六人ほどが着の身着のままの姿に草履をつっかけて、両手を数珠つなぎに捕縛《ほばく》され、裁判所に行くひとこまの光景だった。学校近くは、警察署と裁判所があったので、よくこんな光景を目にした。

恐らく賭博の現場を巡査に踏み込まれて捕まり、留置所に入れられていた男たちであろう。

学校の裏山は、旧遠野南部氏の居城の跡であり、中腹は南部氏先祖を祭神として祀ってある南部神社が建っている。境内の端に町並みが一望できる一画があり、そこに忠魂碑が建っている。碑は高さ十メートルほどの塔で、塔頂に金鵄《きんし》が輝いて町からも遠望できた。碑には、日清日露戦役からの戦死者を讃える碑文が刻まれている。そのほかにただ一人、生存者の名誉が刻まれてあった。伊藤清五郎氏のことであった。この人物は日本海海戦に従軍した生存者で、旗艦「三笠」に信号長として乗艦、開戦の信号旗をマストに掲揚した歴史的人物であった。

伊藤氏は退役海軍中尉で、学校で行われる儀式には、軍服に勲章、そして海軍刀を腰に、いつも参列していた。町では著名人の一人であったので知らぬ人はいなかった。日本海海戦は生きた歴史として町に残っていた。

校門から入ると左手山際に奉安殿があった。校舎に入る前には、必ずこの前で最敬礼をして通らなければならなかった。

奉安殿には、天皇、皇后陛下の御真影が安置されていたので、建物は、神社のように高床式に建てられてあった。

壁面は漆喰《しっくい》で固められた耐火構造であった。ここだけは特別な場所であることは幼児でも自然に分かった。

三大節は最大の行事であった。紀元節は二月十一日、天長節は四月二十九日、明治節は十一月三日これらの儀式では、全校生、全職員、それに来賓が参列した。式が近づくと、式歌の練習が繰り返され、当日に備えた。

全校生が講堂に整列すると、来賓が校長の案内で入場し、式が始まった。

児童は不動の姿勢のまま、話をすることは禁じられ、極度の緊張の中で開式された。

開式と同時に、ご開扉《かいひ》の合図があり、最敬礼の号令がかかった。全員が深々と、頭を垂れている間、首席訓導が登壇し、正面祭壇の扉を開けている音を耳にした。首席訓導が降壇すると、「直れ」の号令がかかった。頭を上げて、正面壇上に、天皇、皇后陛下の写真を見た。あまりに遠くでよく見えなかった。

次に教育勅語の奉読であった。校長は裾の長い礼服に白手袋で登壇し、ご真影に最敬礼して正面演壇前に立った。そこに首席訓導が同じように威儀を正して、黒漆塗りに輝く箱を捧持して、登壇、校長の前に置いて降壇した。校長が箱の蓋を開けて、巻物を取り出し、両手で持って広げるところで、「最敬礼」の号令がかかった。教育勅語の奉読の開始である。読み終えるまで頭は上げてはいけない。

校長の厳かな声が頭の上を流れた。「朕惟《ちんおも》フニ～」から「御名御璽《ぎょめいぎょじ》」まで、長かった。ただひたすらに早く終わればいいなと思っていた。

突然、堂内にバターンという音がした。一瞬、異常な空気に包まれた感じがした。児童は極度の緊張のあまり、貧血で卒倒することがよくあった。私も何か変になるんではないかと思っているうちに、本当に目の前がかすんできて、頭がおかしくなることがあった。そんな時には、周りにかまわずに、しゃがみ込むことにした。これで急場を凌いでいた。

勅語の奉読が終わり、「直れ」でようやく、最敬礼から解放され、首席訓導が黒塗りの箱を捧持して降壇した。

式歌の奉唱は、上席の女訓導の伴奏するオルガンに合わせてした。天長節では、「今日ノ佳キ日ハ大君の生マレ賜ヒシ……」と。紀元節では「雲ニ聳ユル高千穂ノ……」と。明治節では、「亜細亜ノ東日出ヅル処　聖ノ君ノ現レマシテ……」と歌って奉祝した。

不思議に思うことがある。それは、ご真影のこと、教育勅語のこと、奉安殿のこと、何一つ、教師からは指導されたことがなかったという事実である。式歌だけは、嫌になるほど、繰り返し練習があった。全国どの学校でも同様であったお蔭で日本国民は式歌だけは知らない者はいないほど、儀式で重要な指導事項であったにちがいない。そのくせ、文部省唱歌の教科書の半分も教えられることなく卒業した。

余談だが、平成十四年、中国旅行で、長江三峡下りの船に乗ったことがある。ゆったりした船旅であった。ある日、船上デッキから、思いがけない歌声が聞こえてきた。「雲にそびゆる高千穂の……」と、突然、紀元節の歌を長江の船上で聴くとは、と思いデッキに上がって見ると、三人の女性たちがベンチに腰掛けて、対岸の景色を眺めながら、楽しそうに歌っているではないか。思いきって、声をかけた。「どちらから来ましたか」と。そうしたら、「私たちは台湾人です」と。これには驚いた。台湾人が紀元節の歌を歌っている。しかも、完璧に歌詞を覚えていた。彼女たちは、流暢な日本語で話し始めた。台湾人は戦時中、日本語の教育を受けた。そのお蔭で日本語で世界の近代文化を知ることができた。日本を有り難いと思っていると。

小学校での三大節は苦痛だったが、彼女たちには、明るく楽しく、感謝さえもっている思い出であった。歴史の不思議を感じた。

昭和十五年、私は六年生になった。シナ事変（日中戦争）は三年経ったのに収束なく、日本軍は中国奥地に突き進み、連戦連勝のニュースで、どこまで進むのだろうと、やがて、中国全土が日の丸の旗で埋めつくされるにちがいないと思っていた。

遠野小学校の校庭に町の大人たちが大勢集まっていた。踏み台に立って何やら大声で話しているのを聞いていた。台上の人は、泉国三郎代議士であった。この年、大政翼賛会が結成され、政党は解散し、挙国一致で戦争遂行の体制がしかれた。彼は、この事を郷土に報告に来たのだろうか。こんな事は六年生の少年には分かるはずがないが、暗くてなんだか深刻な光景だったことは覚えている。

泉氏は、遠野で唯一の弁護士出身の代議士であった。気仙郡住田町出身で、貧農から大志を抱き、警察官になり法律を学んで弁護士、そして代議士になった立身出世の人で、郷土では著名人であった。南部神社の石段の登り口に邸宅を構えていた。今はその屋敷はない。

時は戦時下、刻々と大戦への足音が高まりつつある中、大政翼賛会で大同団結して戦時体制のひきしめに檄《げき》をとばしたのだろう。

秩父の宮様

昭和十一年、二年生だった。シナ事変の前の年の暮れ。空っ風が土埃を舞い上げている日だった。全校児童は大通りの一日通《ひといちとおり》の道端に並べられた。宮様のお出迎えのためだった。いつ来るかも知らされず、何時間も立って待つことの苦痛は、三大節の儀式でも同じだったが、ただ、偉い人のために我慢して待つことは、その人への忠誠心の証であるかもしれない。忠君愛国は兵士に限られたものでなく、国民にも、小さな児童にも求められていたといえよう。

時折、巡査が出迎えの列に落ち度がないか。路上に不審物がないか見て歩いていた。しかし、宮様の車は現れなかった。

宮様は、どういう人なのか。何も分からぬまま、土埃の中に立たせられることほど苦痛なことはない。せめて、こうして待っているのだから、どこから来て、どこへ行くのかくらい、前もって話してくれてもよかったのに、と今思う。話の内容次第では、待っている間の苦痛は和らいだかもしれない。

秩父の宮様は、東北の師団に陸軍中佐の位で赴任されていた。東北巡察のために回ってきたことはあとで知ったことで、当時はわけも分からず、命令だけの時代だった。

突然、大号令が一日通に響いた。「最敬礼」、車列が近づいてきた。一陣の土埃が舞い上がり、車列が前をゆっくり通り過ぎていく音だけが聞こえた。どの車に乗っていたのか、分からぬうちに。

後日、私たちは担任に引率されて、遠野中学校に行った。宮様の休憩所跡を見学するためだった。

宮様は車で遠野中学校に到着、休憩されてから出かけられたことを知った。

休憩室は校長室であった。金屏風《きんびょうぶ》が立てられてテーブルと椅子があった。金屏風は町の金持ちの家の物だと町では言われていた。

ついでに宮様用の特設の便所も覗いて見た。ご使用のあとは見えず、真新しい白木造りのままだった。

この年は慌ただしかった。陸軍大演習で、戦車隊が町に入ってきた。入ってきたというより通過だった。キャタピラーの音を響かせながら走ってきた実物の戦車を目の前で見て、興奮した。兵士がゴーグル付きの帽子をかぶり、戦車から身を乗り出して、沿道の人々に手を振った。勇ましさの中に戦争を感じた。戦車隊は町を西から入り東に抜け、笛吹峠に向かって去った。

そして、今度は騎兵隊が入ってきた。笛吹峠から来たらしく東の町外れから入ってきて、馬列を組んで西へ出て行った。馬の背からつるしたサーベルは、光ってガチャガチャ音がした。兵士は軍帽にあご紐をかけ、銃を斜めに背負い、実戦さながらの出で立ちだった。

なんといっても、馬は格好良かった。揃って、栗毛で脚が長かった。サラブレッドで選ばれた馬たちであった。遠野の馬の競りでも、軍馬御用として競り落とされることは、名誉なことであった。馬産地遠野に騎兵隊が入ってきたことで、町中は興奮気味だった。

戦車、騎兵に続いて、空からの飛来があった。赤トンボの大群だった。双翼の戦闘機である。突如、遠野盆地の上空で空中戦が始まった。町中は、大騒ぎになった。杉皮葺《ぶ》きや柾《まさ》葺き、そして茅《かや》葺きの屋根の上、すれすれに降下してくる飛行機を見るのは、生まれて初めての出来事であった。宙返りはなかったが、右や左に旋回したり、急降下したり、ありったけの芸を見せてくれた。機上の操縦士が手を振って笑いながら去って行った。遠野の上空であった出来事は、恐らくこの時だけだろう。茅と杉皮や柾の屋根の町は上空から、どう見えただろうか。

その後、昭和二十年七月、釜石製鉄所を襲った米艦隊は花巻も空襲した。花巻近郊には、後藤野陸軍飛行場があって、花巻は甚大な被害を受けた。しかし、遠野の町には一発の弾も落とさなかった。花巻に行く途中、米軍機は遠野の町をどう見ただろうか。杉皮や柾葺き屋根の町は、原野にでも映っただろうか。お蔭で戦禍から免れることができたことは、誇りに思ってよいと思う。

六、二人の叔父

昭和十二年、父の弟、叔父が召集され入隊の途中、我が家に別れの挨拶のため立ち寄った。激しい雨の夜だった。家に入る暇もなく慌ただしい別れだった。玄関先に立った軍服

叔父の出征　筆者中央

姿が雨で濡れていた。叔父は、中国大陸に渡っていった。日本一の代用教員になると、志して県北九戸《くのへ》の僻地に赴任した。と父は語っていたが、九戸に妻子を残して出征した。シナ事変が起きたばかりで、日本軍は連戦連勝で、勝って当たり前と思っていた。しかし、戦場は弾丸が飛び交う修羅場。日本軍が勝っても、兵士一人一人の命が保障されているわけではない。勝つことと弾に当たって死ぬことは、別のことであった。

叔父は果たして生きて帰れるかどうか思いながら、雨に打たれた軍帽が、子どもながら忘れられなかった。幸い叔父は無事に帰って来た。父に帰還の挨拶に来た。久しぶりに兄弟で話していた。父は、土産に孫文の銀貨をもらった。よほど嬉しかったのか、銀貨を懐中時計の鎖につけて持ち歩いていた。シナ事変は悠長な頃だった。戦地帰りが土産を持って帰れたから。

もう一人の叔父は母の弟で昭和十八年に、召集された。海軍であった。横須賀海兵団に入隊した。入隊後初めての帰郷で、挨拶に来た。水兵帽にセーラー服姿は、初々しかった。帰郷を記念して、家族揃って叔父と、写真館で写真を撮った。

叔父は農業に理想を抱き、宮沢賢治の生き方に憧れていた。その夜、叔父は賢治のことを話していた。翌日叔父は原隊に帰って行った。その後の行き先が分からぬまま、果たして、また帰って来られるだろうかと、家族皆そう思っても誰も口には出さなかった。

昭和十九年、叔父から写真が送られて来た。階級が上がり、下士官に進級していた。戦局は厳しくなっていた。ニュースは都合の良いことばかり報じても、シナ事変の当初とは違うなと感じとっていた。連合艦隊はミッドウェー沖で敗北。沈没していく空母「赤城」と共にした南雲中将の最後の従軍記事を朝日新聞で読んで、感動した。ミッドウェー海戦は敗北とは思わなかった。美談として日本国民は感じ取ったのではないかと思う。

友人の兄は海軍飛行予科練習生（予科練）から零戦《ゼロせん》（零式《れいしき》艦上戦闘機）のパイロットになり戦死した。

叔父はついに帰らぬ人となった。駆潜艇の乗組員だった。昭和二十年、対馬沖で米軍機の襲撃を受け、艇は撃沈され叔父は戦死した。今も対馬沖に眠ったままでいる。

叔母ヤエのこと

母の妹である。叔母は、佐々木孝造に嫁いだ。気仙郡上有住村字二反田《けせんぐんかみありすむらあざにたんだ》の農家であった。農家としては、小農、少ない田畑を耕して舅姑につかえ、一男子をもうけた。しかし、昭和六年、満州事変が勃発、夫孝造は召集を受け満州に渡りそして戦死した。二十五歳であった。

妻ヤエは二十三歳、一子秀男は三歳。村では、初めての戦死者として盛大な葬儀が行われた。孝造は金鵄《きんし》勲章を贈られ、名誉の戦死者として讃えられ、靖国神社に祀られた。

遺族には遺族年金がおり、毎年の靖国神社の例大祭には招待されるなど、手厚い処遇を受けた。

年金で田畑を増やし、家も新しく建て直すことができ、経済的に余裕ができたように見受けられた。しかし、叔母のそれからの試練はいかばかりであっただろうか。一子を育て、舅姑につかえながら田畑を耕し、大正、昭和と生き抜いて、八十五歳で亡くなった。最期は、一子秀男と孫夫婦、曾孫たちに見守られて、遠く満州の果てに散った夫の元に行った。最後は幸せだったかもしれない。

七、木山師

父は、山主を尋ね歩いて、立木を買い製材業者に売り利鞘を稼いで業としていた。遠野に青森から大手の製材会社が進出していた。

そのほかにも遠野には、大小の地元の製材業者がいくつもあった。遠野郷は豊富な山林に恵まれていたので、一大木材拠点であった。町には、製材所が隣り合わせたようにあって、一日中、鋸《のこぎり》の音が響き、あたりには、挽き屑の山ができていた。製材所で働く作業員、山で働く木挽《こび》き、木を伐り出す作業員、製材所に運ぶ馬車などなど、林業に関係する人々が、遠野には多くいた。

父の仕事は、この環境の中で成り立っていた。

木出しを終えて　中央半天姿が父

学校で、お父さんの職業という綴り方の宿題が出され、非常に困った。父の職業は何だろうと。会社員でも、農業でもなく、とうとう書くことはできなかった。

ときどき父の口から山師仕事の話を聞くことはあったが、山師という名前は嫌だったので、誰にも言ったことはなかった。

父は山林に生き甲斐を持っているように、毎日山歩きをしていた。土渕《つちぶち》だ、青笹《あおざさ》だ、上郷《かみごう》だと。製材業者から注文を取り、注文の木材を選定し、山主と交渉し、木挽きを雇い、木出し作業員、馬子、馬車を雇うなど、父の得意とするところだった。父は、遠野にいる山林に関わる作業員についての情報に明るかった。年中、山林、山里、農家を自分の足で踏査していた。

作業員を雇うと、我が家は大変だった。父は作業員と打ち合わせをするために、我が家に作業員を集めたからだ。大勢が入り込めるようにと、家の入口を広げ、炬燵《こたつ》は農家の囲炉裏風に改造した。作業員たちは中に入るのにいちいち履物を脱がなかった。履物は藁で作った爪子《つまご》で足を包み紐でしばりつけているので雪山では作業に重宝だが、脱いだり、履いたりは簡単ではなかった。作業をする人たちが履物のままで中に入れるようにと改造したのだった。

その山男たちが我が家に集結した時は壮観だった。大小の鋸を背負い、頭をタオルで巻き、厚い仕事着を身にまとい、藁沓《わらぐつ》の爪子の男たちが乗り込んできた時は、ショックだった。その中の一人で髭モジャで目玉の鋭い木挽きを、母は、目玉のキロジと言っていた。面相、いでたちの物々しさに似合わずみんな優しかった。目玉のキロジは、山師の息子を、坊々と呼んでかわいがってくれた。

一枚の古い写真が残っている。浜峠の木出しの時の記念写真だった。山林から伐り出した原木を峠に集積した時の写真であった。父の一大事業であったらしく、写真屋を現地に呼んで撮っているほど、記念すべき仕事だったと考えられる。木挽きと馬十五頭に作業員二十一人の総出動の光景は壮観である。父は鼻下にチョビ髭をたくわえ得意げである。

しかし、山火事が発生。せっかくの原木を焼失した。父は半狂乱になって右往左往し、なす術がなかった。その時の損害については、父は口にしなかった。そして、材木の仕事から手を引いた。

始めたのが苗木屋だった。栃木県から杉苗、落葉松《からまつ》の苗を仕入れ、畑に仮植えし、成育して山林農家に売り出した。

周囲の山は、戦時中の乱伐で荒廃していた。裸の山は大雨が降ると、山崩れを起こし、災害の原因になっていた。国は植林を勧め、苗木の需要が多かった。父は苗畑を借りて、苗木屋を始めたが、容易な商売ではなかった。まず、畑が家から遠かったこと。畑まで、約一里半（六キロ）もあった。歩いて一時間半、往復三時間、父はリヤカーに苗木を積んで、母と、畑を往復した。畑で仮植えの作業と、雑草取りなど、約二反歩ほどの仕事は容易でなかった。

苦労のわりに売れ行きはあまりなく、中には、現金支払いができない農家がいたり、どのくらいの売り上げで支払いはいくらか、父は家では口には出さなかった。代金の代わりに掛軸を持って来ることもあり、代金回収には苦労していたようだった。

八、馬の競り市

お競りは、一年で一番賑わう期間であった。競りは、町の馬検場で行われた。馬検場には、馬をつなぐ柵が立てられ、多くの二歳駒がつながれて、競りを待っていた。馬主は、家族ぐるみで駒が買われて行くまでのひと時、別れを惜しんでいる光景があちこちで見られた。馬検場の中央には競り場が設けられ、競り落とす掛け声が威勢よく響いていた。多くの馬喰《ばくろう》たちが取り巻いている中を馬主は、値が決まるまで愛馬を引いて回った。中には、軍馬ご用の掛け声で高値で売られる馬もあった。

競り市は何日も行われ、遠野の町は、人と馬でごった返した。二歳駒を何頭も数珠つなぎにして引いて来る馬喰の掛け声、つながれた馬が暴れ出したり、それを見ている人の群れなど、騒然とした雰囲気であった。

通りに面して馬喰宿が何軒もあった。宿は競りに出される遠方からの馬と馬喰が泊まれるように、馬小屋を備えてあった。

近郷近在から集まってくる人々をあてこんで多くの出店や見せ物小屋が通りに並んでいた。中でもサーカスは一番人気があった。毎日大入りの盛会だった。大きなテント張りの小屋には色とりどりの幟がはためき、きらびやかな衣装の楽隊が演奏するメロディーは一層人々をひきつけた。テントの中では、ブランコ、曲芸に我を忘れてスリルを味わった。路地にも、小さな見世物小屋が並んでいた。大抵は、体に障害のある人を見世物にした興行で、目にあまる物ばかりであった。生まれつき手足の不自由な人が演じるタコ男や、手足のない人をダルマ男と言って見せ物にしていた。八甲田山雪中行軍遭難事件の生存者も見世物にする時代であった。

九、県立遠野中学校

昭和十六年、私は中学校に入学した。父は自分が入ることができなかった中学校に息子を入れたことは、口には出さなかったが、山仲間には自慢していた。それだけ中学校は特別だったにちがいない。伯父の彦作が入ったのは明治四十一年、創立から七年しか経っていなかった時、地方僻村の者が中学校に入れるのは、秀れた者であっても経済的に至難であったろう。それから三十年後の昭和十六年では、まず大抵の人は入れたし、経済的負担も昔ほどでもない。自慢するほどのことでもなかった。しかし、まだ、三陸沿岸には、中学校はなく、宮古、釜石、気仙方面、そして、福岡、八戸、函館からも入学者がいた。学校の敷地の一画に寄宿舎があり、遠方出身者が寄宿していた。そのほかに下宿している者も多くいた。同期には、大船渡一人、釜石三人、山田一人、宮古一人、北福岡一人、江刺一人、川井一人、八戸一人、函館一人と各地から来ていた。まだ、学校の伝統、ブランドは廃っていなかった。

父は、上郷の大工に頼んで私の机を作ってくれた。桜材で漆で仕上げた座用机であった。障子の窓際に置いて、座ってみたら、不思議な緊張感を覚えた。

近所の書店から買った教科書、漢和辞典、英和辞典は、戦時中でもまだ少しは余裕はあった時代、布張りで厚い装丁も、立派であった。宝物を手にしたような感じだった。

木造二階建ての校舎はコの字形に建てられ、溜まり場続きの講堂があった。教室の窓は、上下に引くようになっていた。窓の枠には鉄の錘《おもり》をつるしている紐がついて、錘の重さを利用して窓を上下する仕掛けになっていた。

中には紐が切れて役に立たない窓もあった。一年生の教室は、校舎の端だった。朝礼が始まる前には、全校生が溜まり場で待機していなければならなかった。しかしこの間が大変だった。この時間は伝統的に五年生の時間であった。五年生に目を付けられた下級生は、激しい怒号を浴びビンタを食らった。

下級生は上級生に震えながら小さく固まって時間が早く過ぎることを祈った。戦時中の悪しき伝統だった。

この状態は、講堂の扉が開けられると、一変した。静寂の中、学年ごとに整列して一斉に入場し、厳粛《げんしゅく》な空気が張りつめている中で、朝礼が開始、校長の訓辞があった。校長は、辻悦淳氏であった。短軀で丸刈り頭に美髭をたくわえ、黒縁眼鏡をかけ、眼光鋭く、訓辞は中身より迫力だけで体に響いた。講堂正面に「質実剛健」の掲額があった。これが遠野中学校の校訓であった。校長訓辞のあとに詩吟の朗詠があった。私はその時、詩吟を初めて聞いた。

「正気歌」広瀬武夫の作詩であった。歌でもなく朗読でもない声。腹の底から響いてくるような唸り声を感じた。『論語』の「死生命有り〜」で始まる詩吟は忠君愛国の精神を謳ったものであった。中学校の朝礼は、忠君愛国教育のスタートだった。

グラウンドの隅に兵器庫があった。ここの戸は施錠され立入禁止になっていた。中には三八式歩兵銃《さんぱちしきほへいじゅう》が保管されていた。三八式銃は日露戦後より使用されていた。当時の陸軍の主力武器だった。実際に実弾で射撃訓練ができるので、厳重に保管していた。しかも、銃身には天皇家の菊の御紋章が刻印されているので、その取り扱いには一層神経を使わなければならなかった。

一年生では使用しなかったが、二年生では扱い方、分解と手入れの訓練があった。

毎朝の登校では、家を出る前に、巻き脚絆《きゃはん》をズボンの上から脛《すね》に巻きつけ、靴を履き、学生帽に制服、肩掛けカバンという出で立ちだった。家から学校まで二十分ほどの道、家の前の田んぼの畦道《あぜみち》を歩き、代書屋の屋敷を取りまくニセアカシアの生け垣の脇から、間道を抜けて大通りに出るのが、いつもの通学路になっていた。大通りに出ると上級生や教師に会いはしないかと緊張した。なぜかといえば、必ず挨拶をしなければならなかったからである。しかも、挨拶は軍隊式であったから緊張は甚だしかった。上級生には歩きながら挙手の礼、教師、教官に対しては停止挙手の礼をとらなければならない。町の通りで辺りかまわず、大声で停止直立不動の姿勢のまま「お早うございます」と言う。挙手は慣れるまで嫌なことだったが、これをしないと一大事が起きるから必死の思いだった。

中学校正門前の通りを元町《もとまち》といった。城下町名残の通りで士族の子孫が住む武家屋敷が何軒か残っていたし、学校の周りは馬場の跡であった。校門には鉄扉があって登校時には開かれていた。校門をくぐると、左に向かって直立脱帽、最敬礼してから校舎に入らなければならなかった。最敬礼の先は奉安殿であった。その前には池があって石橋がかかっていた。

池の辺《ほと》りに柳が植えられ枝が水面に映って静寂な一画であった。

一年生の出来事

担任は菊池正六先生であった。地元来内《らいない》の出身であり、なんとなく親しみを覚える担任だった。

丸顔に、丸い眼鏡、チョビ髭はユーモアであった。高等農林学校を出た、農業実習と理科の教師だった。先生は、朝は必ず教室に来て出席をとった。当番の合図で起立、礼が終わり着席したとたん、先生がいきなり、「荻野、荻野、お前がそれ描いたのか」と聞き、一同ふと荻野に注目した。荻野の横の壁に大きな落書きがあったので、思わず、プウーッと噴き出した。落書きは、なんと正六先生の似顔絵だった。荻野は顔を赤らめ「ちがいます」と立って言った。先輩の作品のそばが彼の席だった。彼はとんだ災難だった。

　初めての英語の時間の出来事、先生が張り切って教室のドアを開けたとたん、先生の頭上に黒板消しが落下。先生はカンカンに怒り授業どころではなかった。新入生にしては、悪質極まりない授業妨害はどうして起こったのだろうか。だが、一年生といっても、中学校の場合は年齢が同じとは限らない。歳をとってから入る者もいて、かなり経験を積んだ者で悪ふざけに長けていたり、周りを煽動したりした。

　しかし、このことについて表立っての処分とか、注意はなかった。一年生ということで大目に見てくれたのか分からない。このふざけ行為からは何事も起きなかった。遠野中学校の教師の度量の大きさを思わせる出来事だった。その後、英語の授業は何事もなく行われた。何よりも生まれて初めて接する英語は、新鮮であり面白くもあった。未知の言葉を知る喜びは、何か珍しい物を発見したようでもあった。

大戦の詔勅

十二月八日、登校するや全校生は校長室前廊下に整列を命じられた。狭い廊下に集合したわけは、一台のラジオだった。校長室のラジオが校長室前廊下に、白布をかけたテーブルの上にあった。すでに、早朝の臨時ニュースで大本営発表が報じられていたが、ラジオから流れているのは、宣戦の詔勅が発せられたことの東條英機内閣総理大臣の談話であった。

よく内容を聞きとることができないままだったが、大戦が勃発したことで緊張感だけでいっぱいだった。

シナ事変はすでに五年目、負けたということは一度も聞いたことはなかった。勝つことに慣れて負けることなど考えもしなかった。疑いもなくみんなそう思っていたが、十二月八日は大勝利ではあっても、今までの戦争とは違うことになるとそう感じた。それは大陸内の戦争から海の上、島の戦争へと広い太平洋上に拡大して、戦争の仕方が変わったからだった。

日本中が大興奮のニュースに、鬼畜米英撃ちてし止まん。の言葉が躍った。

夕方、父が東條英機陸軍大将のポスターを買って帰って来た。軍帽に眼鏡をかけ、鼻下に髭をたくわえ、陸軍大将の金色の衿章の軍服には菊花大輪の勲章を胸につけて眼光鋭く見据えている。父は得意げに座敷の襖に貼った。世界を相手に戦争を決断した東條さんがすごく偉大に見えたのだろう。国民は、大抵は、彼を英雄だと思ったかもしれない。もちろん中学一年生もそう思った。みんな、彼を東條さんと呼んで、呼び棄てする者はいなかった。

名物教師たち

数学の紺野公八先生は高齢で頭はツルツルに禿げて、コンパのあだ名で生徒間で呼ばれていた。物理学校出の数学一筋、頭の硬さで有名であった。一年生にとって代数は分かりにくかった。解き方の説明は、何を言っているのか分からないうちに問題を進めて解答を求める授業についていけなくなった。先生は必ず宿題を課した。家に帰っても、授業が分からないから課題が解けるはずがなかった。翌日、解けぬまま授業になった。先生は、必ず全員のノートを点検して歩いた。自分の机の脇に立ってノートを覗いた瞬間、パシッと鞭で背中を打たれた。どこが違っているか。どう解けばよいか分からぬまま、先生は正解のみを求めていた。あとで、パスした者たちは、赤本を持っていたことが分かった。赤本は教科書の正答が書かれている本で密かに同級生の間に出回っていた。それは先輩や兄弟から譲られていた。

先生は、そんなことを知ってか知らぬか、生徒に課題を出して、正解を求めるだけで、できない者は鞭のしごきを受けた。自分でなんとか解けとばかりであった。

先生は息子が自慢だった。授業を始める前に必ず懐に手を入れた。取り出すのは、一通の電文であった。そして読み上げて、ニヤリと笑った。「ヒロシ　トウダイゴウカクス」と。生徒たちは、一斉にワアーッと手をたたいた。自慢の息子が一高に合格した時は、一高に合格すだったが、今は東大に合格すになっていた。生徒たちは、先生をおだてて、ヒロシ、ヒロシとコールすると、先生はニヤーッとして、懐に手を入れる仕草に及ぶと一斉に手をたたいた。

理科は、栗原先生だった。盛岡高等農林を出た、三宅島出身の若いイケメンだった。いつもバリッと三つ揃いの背広で、髪はポマードで固めていた。彼だけは戦争とは、関係ない姿だった。弁舌は爽やかで、生徒たちを魅了した。彼の口から巨大戦艦が国で建造されていることを聞いた。こんなこと、授業で言っていいだろうか。遠野はのんびりしている田舎だから、安心して彼は口を滑らかしたかもしれない。先生は理科の教師なのに、古文の暗唱が得意だった。頼山陽の古文がおはこで理科の授業中、生徒に聞かせた。

国語の山下久男先生は、石川県出身で慶応大学出で、民俗学の柳田国男の弟子であった。柳田国男の『遠野物語』に惹かれて、遠野中学校の教師になった。先生の自宅を訪ねた時、柳田の書翰のスクラップを見せてくれた。

大きな丸刈り頭にロイド眼鏡で、いつもにこやかな風貌だった。あだ名は、アタマだった。

美術の那須義美先生、あだ名は、ガラ。

写生では、「必ずその下に潜む物を見よ」と指導した。丁寧に絵筆を使っていると、「ガラガラと動かせ」が口癖だったので、生徒は彼をガラと呼んだ。先生は、美術だけでなく、物事に積極的であった。古くなった教室の壁をペンキで塗装して回った。さすが、美術家らしく暗い教室を明るくしてくれた。そのほか、意外にも時事に明るく、戦線が拡大した中国大陸、合わせて大東亜戦争（太平洋戦争）の日本軍占領地の大地図を講堂に掲げて、全校生に戦局解説をしたことがあった。これもガラ先生の特技だったかもしれない。

中学校の軍人たち

中学校に陸軍から派遣された配属将校がいた。教練を指導する教官だった。陸軍中尉の将校で、学校では、「教官殿」と呼んだ。

教官は特別だったらしく、教師たちとは別格で、一人いつも尊大であった。何しろ、軍服、軍帽に軍刀を帯び軍靴で学校中を睥睨《へいげい》しているようだった。在学中の教官は、平賀中尉、菊池中尉、高橋中尉、の三人で一年ごとに替わった。生徒が知らないうちに原隊に戻って行った。その後、風の便りで、みんな戦死したと噂が流れた。

学校には、教官のほかに軍人がいた。始閣《しかく》曹長は、一、二年生の教練を指導した。地元出身で先輩でもあったので、親しみやすい存在だった。曹長は教官とは区別して先生と呼んだ。遠野出身でもあり、生徒と親しげに言葉を交わすこともあって、予科練とか、少年兵を勧められ、現に何人かは学校を去って行った。始閣曹長のほか体育教師の名久井《なくい》少尉がいた。少尉は、陸軍体育学校出身であった。先生はだいぶ年輩でもあって、体育教師にしては動きは機敏ではなかった。授業では、整列、徒手体操程度で、特に変わった運動は、皆無だった。先生は軍服の上衣を脱いだ程度、履き物は運動靴であった。「整列気を付け」の号令はよく「ケッコウ」と聞こえた。

もう一人の軍人がいた。千葉准尉であった。准尉も教練の指導をした。主として三年生が担当だった。体格がよく、太い声で頭上から見下ろされると威圧を覚えた。鼻の脇にいぼがあって、愛嬌を覚える教官だった。

教練は、一、二年生は、始閣曹長、三、四年生は千葉准尉、そして五年生は菊池中尉だった。一度、中尉の時があった。教練は、整列から始まった。号令と共に直立不動で一列横隊に整列すると、教官が端から一人ずつ点検する。この時の緊張感は、今でも蘇ってくる。教官に直に接する威圧感は、蛇に睨まれた蛙とはこのことだろうかと思えた。

一人一人を頭から足のつま先まで、ゆっくり点検してきて、自分の前に来た時、心臓が早鐘のように打つのを覚えた。とたん。あっという間もなく、鞭が、ビシッと左脛にあたった。教官は一声、「巻き脚絆の紐の端!」

「ハイッ」と返すのが精いっぱいだった。教官は巻き脚絆をゲートルと敵性語を使わなかった。巻き脚絆は、ズボンの裾の部分を巻いて締める装具だが、戦場においては、常に山野を迅速に行動するためには、欠かされない装具であった。その脚絆の紐が解《ほど》けることが生命に関わることもあり得る。きっちり締めて、結び目の端を始末しておくことの重要性を、教官は鞭で教えてくれた。

教練は、言葉でなく行動であった。それだけ言葉は激しく、行動は厳格に要求された。

「気を付け！」「〇年〇組総員〇名、欠席〇名、現在〇名、教官殿に向かって頭《かしら》なか！」

級長は隊列の最右翼に立って号令をかけた。全員が不動の姿勢のまま一斉に中央の教官に頭《かしら》を向ける。これが教官に対する挨拶であった。教官は、カチッと軍靴のかかとを鳴らし、挙手で応えた。ここから教練が開始した。そして教練の第一関門は前述の点検だった。

一、二年生は、整列、行進の繰り返しだった。整列は一直線上に、隊列の乱れのないように注意を払った。行進は、縦隊、横隊で直進、右折、左折と号令に従って動いた。

「組ぐみ右」「組ぐみ左」、あるいは、「歩調をとれ！」の号令がかかると、一段と膝を上げ、地面を蹴って力強く歩行することが要求された。主に教官の前を通る場合などには、この号令がかかった。地面を蹴る音が響いて一層力強さが強調された。まさに軍隊の士気は行進にかかっていた。

三年生以上は銃を持っての教練であった。

銃の保持操作は一段と難しく、体力を要した。銃は本物、実弾も発射できるので取り扱いは慎重でなければならなかった。

整列では、右手で保持して立てて並ぶ、行進では「荷《にな》い銃《つつ》」の号令で、銃を右手で持ち上げ、左手を銃の下部銃床に添えて持ち上げて右肩に斜めに担ぎ右手で保持する。この挙動は、全員が一斉に途中動作を合わせて、迅速正確に行われるよう、繰り返し行われた。

まさに戦場を予想しての教練であった。

教練は、知識より実践訓練であった。

中学校の成績で教練が最も重要視されていた。成績で最高の甲の者は徴兵検査では、甲種合格が約束されていたと言われていた。最精鋭の兵として期待されていたと言えよう。「戦陣訓」は、昭和十六年に内閣総理大臣・陸軍大将東條英機が、戦場で戦っている軍人に示したものであった。中学生にも小冊子にして配布された。この中で最も注目される言葉があった。軍人は「生きて虜囚の辱《はずかしめ》を受けず」ということであった。捕虜になることを禁じ自決せよと命じた。当時、国際法は教えなかったし、知らなかった。日本人は捕虜ということを一番、嫌っていた。そして自決することを最も崇高な行為だと思っていたし、中学生もそう思っていた。教練でも教え込まれた。しかし、戦場がいかに残酷な修羅場であることを知らなかったので、頭でそう思っていたに過ぎなかった。

　現に十二月八日の真珠湾奇襲攻撃で、戦死した六人の若い海軍士官たちは軍神になったが、一人奇襲に失敗して捕虜になった士官のことは、大本営はひた隠しにして、作戦の成功と戦果を発表し、軍神を国民の戦意高揚に利用した。武器弾薬、飛行機、軍艦とも無傷の緒戦で人間魚雷が必要がなかったはず、若い有能な人材を犠牲にするとは、と憤りを覚える。

海軍大将米内《よない》光政

　昭和十七年、海軍大将米内光政が来校した。背の高い堂々とした体軀に白皙《はくせき》の温厚な容貌が、うす暗い講堂の壇上で、一段と光り輝いて見えた。これがその時の印象であった。

　米内大将は、海軍大臣、第三十七代内閣総理大臣の要職に就いたが、この時には政治にはついていなかったものの、地方に来ることはほとんどあり得ないことであった。しかし、戦局厳しい時期、戦意高揚のための巡回だったと推測する。中学生に期待することが大きかったにちがいない。大将の声は幻のように覚えていないが、海軍大将が来て壇上に立ったことだけで、戦意高揚に有効であったかもしれない。

関東軍参謀の来校

参謀陸軍少佐、松田利平治氏は遠野中学校第二十五回、昭和五年卒業、陸軍士官学校、陸軍大学校を卒業した俊才、関東軍参謀となって、現地の陸軍の中枢で活躍していた。昭和十七年、郷里遠野に一時帰郷、母校を訪問し後輩たちに檄を飛ばした。長年、戦場を駆け回って鍛えた体に参謀肩章の金色のモールが輝いて見えた。真っ黒に日焼けした顔は精悍だった。大戦二年目、日本軍が敗北する前、参謀が内地に休暇で来られる余裕はまだあった頃であった。その後、日本軍は、ミッドウェー沖海戦で敗れ、ガダルカナル島で敗北、アッツ島で玉砕と将棋倒しに崩れていった。

参謀は束の間の休暇を故郷で墓参を終え、再び大陸に渡って二度と日本の土を踏むことはなかった。昭和二十年、敗戦。参謀は中国軍に捕らえられ戦犯で処刑された。かつては、誇りであった先輩の一人、優秀な人材が大陸に散ったことは、町の人々は知っているだろうか。あるいは知っても口にしないのだろうか。

遠野中学校異変

行軍は、教練などの軍事訓練として、重要な行事の一つであった。

歩兵が主力の陸軍においては、兵士の徒歩移動が主で、集団での移動作戦は、兵士一人一人の耐久力が戦力の基盤であった。夜間で暗い山谷、あるいは寒暖の激しい気象条件にあっても、耐え得ることが求められた。

学校で実施した全校生による夜間行軍は、隣村の宮守《みやもり》村まで約三十キロメートルであった。上級生は完全武装で背嚢《はいのう》を背に、剣帯に着剣と弾薬入れを帯び銃を担ぎ、下級生は丸《まる》腰《ごし》で出発した。綾織《あやおり》村の山道に差しかかると、町の灯は山陰で消え、峠は前後左右の見分けもできない漆黒の中だった。前を歩いている者の息を感じながら砂利道を踏む足音だけが頼りだった。目的地の分教場で、しばし休憩を取り、復路は県道の平坦な道を帰って来た。家に帰って来た時は家族はみんな寝ていた。

毎年、黒溝台《こくこうだい》戦役を記念して、寒中行軍が行われた。日露戦争に勝利した記念日が、二つあった。一つは海軍記念日の五月二十七日。日本海海戦の勝利。二つ目は陸軍記念日の三月十日。日本軍が奉天でロシアの主力軍を撃破した記念であった。二つの勝利は日露戦争で日本の勝因となったものである。しかし、奉天の開戦の前にあったのが、黒溝台の戦闘であった。一月の厳冬の中、日本軍は黒溝台で敗れ、潰滅にさらされる苦戦を凌ぎ、ロシア軍を撃退させ、九千余の死傷者を出しながらも黒溝台を回復した。この勝利がなければ奉天の戦いはどうなっていただろう。歴史は変わっていただろう。この黒溝台に郷土の兵士が多く参加していたので、特に記念日にしていた。

この年も寒中行軍が行われた。全校生、上級生から校長を先頭に出発した。出発前に、全校生に姿を見せた校長に驚いた。校長は陸軍中尉の軍服に身をつつみ、指揮刀を腰にしていた。斉藤校長は軍人でもあった。ふだんは、背広姿であったが、この日ばかりは特別な日だという思い入れがあったのだろうか。

遠野の冬は寒いことには慣れてはいたものの、寒中の寒さは一層、身にしみた。この寒さでも下着を一、二枚多く着こんだ程度の服装で、コートもマフラーもなく年中着たきりの学生服でズボンに巻き脚絆、靴は地下足袋という装備では、寒中行軍は無理であった。

路上、田畑は一面の雪原になっていた。学校を出発し、町外れの猿ヶ石《さるがいし》川に架かる愛宕《あたご》橋を渡ると隣村の綾織村に入った。このあたりから散らついていた雪は横なぐりの風に吹雪き始めた。隊列を乱さないよう前に進んだ。山道に差しかかったところ、吹雪は一段と激しくなって周りがすっぽりと雪で覆われた。

足並みが乱れ、前後の間隔も乱れた。寒さに耐えきれないほどの衝動にかられた。その時、突然と異変が起きた。思ってもみなかったことであった。先頭のほうから、「ワアーッ」という叫び声が聞こえてきた。その声が次第に後方へ伝わってきた。この段階で何事が起きたかが分かった。みんな駆け出して戻ってきた。吹雪の中、一斉に叫びながら、雪崩《なだれ》のように駆け抜けて学校に戻った。

軍隊であれば重大な軍律違反。命令違反。敵前逃亡罪で重く罰せられるところ。だが中学校の生徒の集団逃散は、大事件にはならなかった。指揮指導に対する突発的行動ではあったが、明らかな違反行為には変わりなかった。

しかし、寒さに耐えられず、思わず本能的に逃散したことと、全校生全員であったことで校長は熟慮したであろう。罰することはなかった。全校生グラウンドに整列し、教官が登壇、全校生に向かって、きつい叱責の言葉。

しかし、中学生に対して言う言葉は、よほど考えたであろうと思われた。教官は「付和雷同」してはいけないということであった。

悪天候における集団行動の各自の自覚を諭したものか、事態の大きさに比べて、戦時下にありながら穏便な結末であった。

昭和十八年、三年生、音楽の授業が校舎北側の階段教室で行われていた。星先生だった。突然、天井が破れるかと思うような、爆音に生徒は騒然となった。生まれて未だ耳にしたことのない大音響であった。教室の窓に飛行機の翼が大きく見えたかと思ったら、グラウンドの向かい山、お城山に隠れた。しばらくして、またもや飛行機が飛んで来ては向こう山に見えなくなった。飛行機が町の上を低空で飛行するという降ってわいたような大珍事。飛行機が墜落する、という予感がした。

これでは授業どころではない。星先生は、いつの間にかいなくなった。とたんに、「ワアーッ!」とばかり一斉に教室を抜け出した。

近くの猿ヶ石川に合流する来内川との落合《おちあい》の川原に向かって駆け出した。町中から飛び出して来た大勢の人々にまじって、落合に辿り着いた。飛行機は墜落し機体は壊れ、操縦士は倒れているにちがいないと思っていたが、驚いた。予想より、大型の飛行機、陸軍偵察機だった。胴体と翼に日の丸がはっきり見えた。車輪もしっかりついていた。機上に二人の操縦士がすっくと立って、偵察機は川の合流地の河原に何事もなかったかのように着陸していた。狭い河原によくもうまく不時着したものか。と驚嘆するばかりであった。

燃料のきれかかった偵察機は、低空で不時着地を探していた。パイロットの出身地は湿田地帯なので田園は諦め、河原にしたとか、そんな噂が広がった。それにしても、無傷で狭い河原の石ころの場所に着陸できたとは。二人の名操縦に驚嘆するばかりであった。

翌日には、陸軍の一隊が到達し、飛行機を解体し、軽便鉄道の貨車に積んで遠野を離れた。

この事件はニュースにも新聞にも載らなかった。

お国のために

大東亜戦争はすでに三年目になっていた。

ガダルカナル島、アッツ島、ミッドウェー沖海戦ですでに負けていたが当時は知らなかったし、大本営発表で勝利の報告を信じていた。事実、とんでもない敗北続きで、どうにもならない状態であったとあとで分かっても後の祭りだった。しかし、当時としては、戦争遂行の最中、必死だった。軍は長年にわたって育て上げた優秀な軍人、飛行機、軍艦の大半を失い、誰彼かまわず一人でも多くの若者を集めて、即席の訓練で戦場に送り込むことしか考えていなかった。学校では、体格の良い同級生は大抵、職員室に呼ばれた。そして彼らは海軍飛行予科練習生として土浦に行くことになった。

学校で彼らの壮行会が開かれた。両肩から武運長久の襷《たすき》を掛け、クラスで寄せ書きした日章旗を持って全員で記念写真を撮った。悲壮感はなかった。みんな楽しいクラス会のように笑っていた。彼らは飛行機に乗って戦闘することが目的であることを忘れているようだった。

その後、私も担任から呼び出しがあった。

職員室にいる担任のところに行くと、陸軍船舶兵を受けるようにと言われた。自分は長男であることと、近視で軍には不適格者だと思っていたが、自分まで呼ばれるようになったのかと思って、はい、と返事をした。どうせ身体検査で落ちるだろうと、内心思っていた。父に話したが特に心配する風でもなく、やはり近視を気にしていたようだった。それにしても視力は回復できないだろうかと思うようになった。視力は左右とも〇・六くらいであった。

新聞広告に近眼矯正器を発見、私は天にも昇る思いだった。早速ハガキを出した。しばらくして現物が送られてきた。代金は郵便局から為替で送った。矯正器なる物は、簡単な物だった。眼鏡のように両眼に掛ける。レンズの部分は丸い蓋になって外側にバルブがついていた。バルブを捻《ねじ》ると蓋がまぶたの上から眼球を圧迫した。近眼は正常な眼球よりふくらんでいるから、圧迫して矯正するのだということだった。

夜、寝床につくと、矯正器を掛け、眼球の圧迫を開始した。毎晩、眼球を圧迫し続けたので頭が痛くなった。それでも船舶兵の視力検査までは、あてにならない効果を願いながら続けた。

いよいよ船舶兵の検査の日が来た。釜石商業学校が会場だった。視力検査は開閉遮断式で瞬時に識別しなければならなかった。案の定、視力は不合格だった。せっかくの矯正器は役に立たなかった。視力が不合格だから船舶兵は不合格になるにもかかわらず、そのほかの検査が待ち受けていた。兵隊検査そのものであった。身長、体重、胸囲の体位のほか、重要な部分の検査があった。

それは、肛門と陰茎の検査だった。身体検査で最大難関だと前々から聞いて怯えていた。いよいよ来たなと覚悟を決めた。丸裸は銭湯だけの経験だが、ここは銭湯ではない。やせた体で、検査官の前に直立した。検査官は四つ這いになれ、と言うので、検査官に尻を向けて四つ這いになったとたん、私はウウッと呻った。検査官の太い指が、ズボリと穴に突きささったからだ。呻りを堪えたが、そんな事など構わず指を中でひと回し。よしと一声で次の検査官の前にいく。検査官の前の椅子に腰掛けて向き合った。検査官は目の前の物を見ながら、その両側を触手して圧迫。最後はペニスをいきなりわし摑みにして、ギュッとしごいたのでその痛さたるや。これが、日本男子、兵士への最大関門かと思った。

いかに少年兵であっても、ここまで徹底した検査をしなければならないわけは少しは分かる。軍隊が一番恐れていたのは、疫病であった。中でも、性病は見えないところで蔓延し、兵士の肉体を蝕み戦力を低下させる。健全な男子でなければ兵たり得ない。これが日本の軍隊の基本だったのだと思う。視力検査で、船舶少年兵は不合格だったが、兵士への関門の洗礼だけは受けた。貴重な体験だった。

その後、近視でも可能な、高等無線電信学校に挑戦した。ここは学科試験だけだった。試験場は東北大学であった。この日は、こんなにも集まるのかと思うほどの中学生が集まった。仙台駅前より大学まで延々一万人と言われた。受験者が多いので諦めていたが、担任が合格通知書を持って来た。熊本高等無線電信学校に入隊せよ、と書かれていた。当時、高等無線は北海道から九州までに六校あった。そのうち熊本は、最南端、入学でなく入隊とはどういうことか、訝った。すでに高等無線は軍隊に組み込まれていた。海軍の予備役として乗船することになっていた。

父は息子からは何も聞かず担任に断った。九州まで息子に持たせてやる物がないと。

高等無線は、特攻要員として多くの若者を集めていたのではないか。

学徒動員・田瀬ダム

ついに動員令が下った。昭和十八年、四年生だった私は、田瀬ダム工事現場に行くことになった。

ダムは、すでに昭和十六年から工事が開始されていたが、戦争拡大で人手不足のため、朝鮮人の強制徴用工や中学生で労働力を補うことになった。現場は、隣村だが全員現場にある合宿所に宿泊して働いた。

猿ヶ石川が大きく蛇行してできた広い河原が作業の現場だった。河原には良質の砂利が豊富にあった。中学生は、砂利をトロッコに積む作業が課せられた。炎天下、汗だくになってスコップで砂利を掬って台車に放り込む作業は重労働だった。砂利を積み込んだ台車は、ウインチのワイヤーで引かれ、砂利はベルトコンベヤーで貯蔵場に積み込まれた。そこからさらに、索道でダム工事場に運ばれる仕組みになっていた。

ダム工事は、着工してから三年目だった。

中学生の現場は、ダムより一山越えた、猿ヶ石川の上流柏木平《かしぎだいら》の河原であった。砂利集積の貯蔵施設に、ベルトコンベヤーがあり、トロッコの線路が走っていた。砂利を入れた索道のバケットが山を越えて行くのが見えた。

宿舎の小屋の中は中央が土間の通路になって、土間を挟んで両側が畳の床になっていた。畳一枚分が各自に割り当てられ、壁側に各自布団をたたんで置いた。軍隊の兵舎式で、朝には、当番が土間の端に立って起床の合図をした。

朝食は食堂でとった。食堂といっても掘っ建て小屋に急ごしらえの長テーブルと腰掛けで、朝鮮人作業員と一緒だった。

中学生の宿泊小屋と、朝鮮人作業員の小屋は隣り合っていた。朝鮮人作業員には、夫婦で来ている者もあった。夫婦の部屋が窓越しに丸見えで、みんな窓に寄って覗いて騒いでいることもあった。夕食は豚肉だというのでみんな喜んだ。しかし、丼の豚汁には、肉は一切れもなく毛のついた皮があるだけで、さすが口にはできなかった。その日の豚は、朝鮮人作業員の手で解体処理されたものだった。恐らく大勢の作業員のほか、中学生にわたるには足りず、皮もなにも鍋の中に放り込んだのであろう。

炎天下の作業では、みんな上半身は裸だった。喉の渇きは、水道の蛇口から口を寄せて、潤した。

激しい作業が終わり、スコップを片付け、宿舎の小屋に戻って、夕食を終え消灯までの一時《ひととき》が、一番休める時間であった。暑さを凌ごうと小屋の外に出た。東に、丸い大きな月が出ていた。赤い月だった。下界は戦争の最中、国内は戦争遂行のため、働け、働けと、遮二無二の毎日、月を眺める暇もなかった。

こうも下界は、地獄のような毎日なのに、天体では涼しい顔をして見下ろしているようだった。

田瀬ダムは、その後戦局悪化のため工事は中断、戦後昭和二十九年に多目的ダムとして完成した。総工費三一億五千百万円。高さ八十一・五メートル。長さ三百二十メートル。三市二町の耕地を潤し、二万七百KWの電力を供給している。戦時中は、水上飛行艇の基地の噂もあった。その年、九月に、動員先が神奈川県に移った。

神奈川県大船へ

大船の海軍軍需工場だった。

四年生になってほとんど授業はなかった。動員で振り回され、学校に戻ることもなく、どんどん戦争の渦中に巻き込まれていった。

大船に出発する朝早く、母は枕元の炉で、握り飯《めし》を焼いていた。香ばしいにおいで目が覚めた。一番の軽便鉄道に乗って、花巻で本線に乗り換え、上野で山手線の電車に乗り、東京駅で東海道本線の電車に乗って茅ヶ崎までだった。握り飯は三食分だった。リュックサックに握り飯に下着類、洗面具などを詰め、カーキ色の学生服に名札を縫い付け、戦闘帽、巻き脚絆に地下足袋の出で立ちだった。

遠野中学校四年生動員学徒の一団は、翌日早朝の上野駅に着いた。生まれて初めての東京だった。戦時中とはいえ、上野はまだ無傷で、雑踏の人々も落ち着いて見えた。引率の教官は、高橋中尉だった。軍服、軍帽に、軍刀を腰に先頭を歩いた。前後左右不規則に行き交う人々の中を教官は、巧みにかき分けて、生徒たちを誘導した。生徒は教官の軍帽を見失わないように必死にあとに続いた。教官はずいぶんと慣れている様子だった。教官はためらうことなく、上野駅の低いコンクリートの天井下、柱間をくぐり抜けて、山手線ホームに出た。一団はみんなリュックに戦闘帽の中学生、もみくちゃになって電車に放り込まれるように乗った。

東京駅に着いて東海道線ホームで列車に乗った。電気機関車を初めて見た。乗り心地は違うなと感じた。まず、揺れはあまり無かった。音も軽かった。スピードもあった。車窓から見る東京の町は、ビルは、まだ無傷だった。横浜を過ぎたあたりから田園風景が広がった。東海道と並行して走っているので、松並木が続き、茅葺きの農家が点在して見えた。のどかな風景から、戦争を忘れさせてくれるようだった。

茅ヶ崎の宿舎は国道沿いにあった。古い松の大木に囲まれていた。旅館か料亭であったようだった。部屋割りされてそれぞれの部屋に落ち着いた。一室四人だった。部屋に窓が一つあった。思わず窓の障子を開けたら、一面の田園風景が現れた。そして目に飛び込んできたのは、なんと、富士山ではないか。裾野から頂まで丸ごとの富士山。生まれて初めての対面が丸ごとの富士山とは。この時の感動は一生忘れることはできない。思わず「富士山だ、富士山だ」と叫んだ。ついそこに富士山があった。ビルも、塔もなく、建物は農家だけの、自然の風景に丸ごとの富士山は、しっかりと目に焼きついた。

高橋教官は、田舎の中学生たちに兄貴のように接してくれた。茅ヶ崎の海岸を見せてやろうと、生徒たちを誘った。みんなぞろぞろ外に出た。教官は軍服姿だが、軍刀はなかった。丸腰で先頭に立って歩いた。海岸にのびる広い道の両側にはハイカラな家が立ち並んでいた。別荘だ、と教官は言った。そして、この家は、俳優の上原謙の家だと指さしたのには驚いた。教官はよく知ってるなあ、と。しばらく歩いて海岸に着いた。初めて見る湘南海岸の砂浜。戦時中でなければ大勢の海水浴で賑わう砂浜は、大波だけが寄せては返し、白波が砕ける音が響いていた。

教官は、すっかり寛いで、今度は大船の撮影所に友達がいるから、連れて行ってやる。と、まるで弟たちを連れて歩いている風であった。

彼の任務は何だったのだろう。教官であることを忘れさせてくれた。歴代教官で人間らしく接してくれたのは彼以外にいなかった。教官は生徒たちを無事茅ヶ崎に届けて、帰還した。教官のその後のことは分からない。茅ヶ崎の海岸を教官と歩いたことが懐かしく思われる。

それから幾日も経たぬうちに海岸は立ち入り禁止になった。陸軍が米軍の上陸に備えて、要塞を築き始めたらしいと、噂が囁かれた。

大船の海軍軍需工場

茅ヶ崎から大船まで、電車で通った。辻堂、藤沢と過ぎると大船の町が見えた。大船駅の南側が崖になって、巨大な観音像が見えた。観音さんは空からも見えるだろう。敵機の標的にされるだろうかなど心配したが、軍事施設でないから大丈夫だと思った。しかし、あとで観音さんの眉間の天眼の穴から機関銃が覗いていたという話を聞いた。

動員中学生の一隊は、大船駅に降りると、駅前に整列し、二列縦隊になって工場まで歩いた。工場は大船から鎌倉に通じる道路にあった。道路に並行して横須賀線が走っていた。ときどき電車がパンタグラフから青光をパアッ、パアッとショートさせて走っていた。ろくに修理もしないで走りつづけているようだった。

沢藤海軍軍需工場の看板がある衛門から入ると、工場の食堂があった。食堂にはすでに動員生徒たちのために、朝食の用意ができていた。

細長い木製のテーブルの上には、丼にご飯とみそ汁におかずの小鉢が並べられて、我々を待っていた。丼に盛られていたご飯が赤かったので、わざわざお赤飯かと喜んだ。しかし、一同箸をとって見たら、赤飯と思って見たのは高梁飯《コーリャン》だった。米粒はほとんどなく、初めての味だった。戦争の厳しさを噛みしめた。米は軍隊に供出し、国民は代用食で凌いでいた。

気にかかったのは食器のにおいだった。薬品のにおいが鼻をついて、一層、高梁飯がまずかった。ベークライトの素材の食器だった。すでに陶器の生産はストップし、代わりに軽くて壊れにくい化学樹脂性素材で作られていたことを知った。

幻の兵器

工場の主力生産は、軍艦装備の高射機関砲であった。しかし、高度の技術と長年にわたって磨いた熟練の技が必要な兵器製造は、中学生には手に負えるものではなかった。

中学生に課せられたのは、部品の仕上げという単純な作業だった。手のひら大の厚さ一センチほどの楕円形の鉄片を固定台に万力《まんりき》で固定し、鉄片の表面を平面にヤスリで削る作業だった。作業は単純だが、ヤスリの持ち方、両足の構え、力のかけ方など、職工としての基本から教えられながらの作業は、物造りというよりも、訓練の段階で、工場の技手が回って来て一人一人指導した。与えられた鉄の部品のヤスリかけは、真っ平《たいら》にかけるのが目的であったが、平面の精度が求められた。どの程度なら合格なのか、技手がゲージで測定し、不良部分を指摘して削り直しを要求した。

ゲージを平面に当て、隙間がなければ良し、あればやり直し、それが一方位だけでなく複数方位が隙間がないように削ることは至難の技だった。部品は組み立ての段階でその精度が要求されるので、仕上げ作業は、基本だが、最も重要な作業だった。

残念ながら私は一度として、合格点をもらったことはなかった。

平面の微妙なゆがみが、なぜ出るのかは、ヤスリのかけ方で決まった。ヤスリの力のかけ方は片方に入れ過ぎたり、ヤスリが水平に前後に動かず上下に揺れたりすることで、平面がよけいに削られ、粗《あら》が出ることが分かった。仕上げの難しさにほとほと閉口し、焦った。ほかの仲間の作業の具合を見る余裕もなかった。

さて、どんな武器の部品なのか。技手は教えてくれなかったが、噂は聞こえてきた。なんだか新兵器らしいと。鉄片の部品が兵器のどの部分に当たるのかも分からず、ヤスリをかける空しい作業が続いた。技手が回って来て、ゲージを当て、ここの部分が高いとかと指摘し、自分でやってくれたりした。しかし、一つとして満足のいくような物ができない現状に諦めの顔色が見えたりしてきた。

どだい、無理なことだった。訓練も知識もない中学生たちを動員して、スコップで砂利を掬う作業ならいざ知らず、目的も内容も教えず、命令のままの作業は、やる気も起きない。噂では、米軍が湘南海岸に上陸した時に、日本軍は、接近戦で迎え撃つ、その時の兵器だと。その兵器は、短い銃身で散弾が発射され、多くの敵兵を一度に殺傷するのだという。このことを先に説明しておけば、作業の意気込みはだいぶ違っていただろうと思ったりした。しかし、状況は、刻一刻と深刻になりつつあった。ある日、突然、「発射実験があったとよ」と耳にした。いつ、どこでということは分からなかったが、実験の結果は失敗だったということだけは分かった。不完全な部品を組み合わせ、とにかくやってみようと実験したのだろうか。技手たちは、軍部の命令に焦っていたにちがいない。生徒代表が立ち会ったらしい。代表のH君は口にはしなかったが、秘密は必ず洩れてくるものである、噂になって。

実験は安全のため、遠隔操作で発射したが、銃身が暴発し失敗した。ついに兵器は一丁も製作できずに空しく時は過ぎ、幻に終わった。

海軍病院

年は明け昭和二十年、正月も過ぎ、大船は雪もなく春めいてはいたが、一月は、やはり寒かった。工場の部品仕上げ作業はいまだに続いていた。ヤスリを持つ手は凍りつくような冷たさに、痛みを覚える毎日であった。

あまり気にもしていなかったが、左手小指が凍傷にかかった。紫色に腫れているのに気がついた。痛みもなくそのままにしていたところ、化膿し、表皮が破れ、膿《うみ》が出る始末、その場凌ぎでチリ紙をあて、包帯で結んでいた。何日かたって、包帯を取り替えようと、傷口を見たところ、驚いた。傷口の中から、白骨が覗いていた。痛みはないが、少しずつ、身体の具合に変調を覚え、心配になった。たかが凍傷ぐらいと思っていたが、まず病院に行こうと思い担任に申し出た。外出許可をもらい出かけた。病院は、工場近くの小さな診療所だった。一見民家に見えるような診療所だった。

中にはほかに患者も見えず、看護婦の姿もなく、玄関から入って、声をかけたら若い医師が出て来た。すぐに、傷口を見せたら、消毒をして、軟膏のクスリをつけ、真新しい包帯で結んでくれた。医師はずいぶん、暇なようだった。どこの学校かと聞かれたので、「岩手の遠野中学です」と答えたら、すぐに、私も遠野中学校の卒業だと話したのには驚いた。全く知らない土地に来て同郷の人に会った喜びは格別だった。医師は母校の後輩をいたわり、励まして見送ってくれた。

田舎の中学校の卒業生が広く国内で活躍しているんだなあ。と実感した。これが母校に誇りを持つことなんだと。工場に帰ってこのことを担任に報告した。

小指の傷の化膿は止まり、やがて傷口は治った。たった一度の診療所だったが、傷痕を見るたびに、大船の若い先輩医師が思い出される。

工場で作業中、急に尿意に耐えられず便所に駆け込んだことがあった。小便所は、共同の垂れ流しだった。上下衣つなぎの作業衣の上衣を脱ぐのも、もどかしく、尿意を堪えていたのに、いざ用をたそうとしても一滴も出ない。そして下腹部が異常に痛かった。なんとか頑張ったらついに出た。しかし、なんと出た尿は赤く染まっているではないか。これは何だろう。血の気が引いたようなショックだった。遠い動員先に来てどうしようと。初めて我が身に起きた異常な深刻さに。しばしためらった。

しかし、今度は凍傷どころではない。一層深刻な事態にじっとしていられないと、担任に事の次第を話した。

今度は、大きな病院に行くようにと指示された。さすが大船でも厳しい寒中、粉雪が舞っていた。次第に降る雪が多くなり、遠くの景色が見えなくなるほどになった。私は大船の海軍病院を目指して歩いた。病院は大船駅近くと聞いて来たので、まず駅に向かった。駅からは、小高い丘に病院らしい大きな建物が見えたので、今度はその丘を目指して歩いた。

丘の登り口に病院の看板があった。坂を上って、ようやく辿り着いた海軍病院は、別天地のようだった。総合病院、海軍の施設とはいっても一般患者も診てもらえる。設備等医療は、戦時中であっても、最高に整っているように思われた。院内の医師、看護婦も多くいる。

まず、病院に入っただけで、助かったという安堵感で一杯だった。工場からほぼ三キロはあったろうか、吹雪の中、下腹の痛みを堪えて、ようやく辿り着いた海軍病院は、今も忘れることはできない。

軍医といっても一般の医師のように患者に接してくれた。少しも尊大ではなかった。これが一番安心だった。尿検査で即座に膀胱炎と分かって、薬を出してくれた。このお蔭で、炎症は押さえられ、工場を休むことも、帰郷を命じられることもなく卒業を迎えることができた。

伯父訪問

卒業前、空襲もない休日、穏やかな日だった。千葉県北小金《きたこがね》にいる伯父の彦作を訪ねた。伯父はすでに逓信省から東京中央郵便局を経て、渋谷郵便局、福岡県門司郵便局長にそして千葉に戻って松戸飛行学校長を命じられていた。

寓居《ぐうきょ》は北小金の殿平賀《とのひらが》の閑静な場所に建ててあった。上野駅から常磐線に乗り、一時間ほどで北小金駅に着いた。常磐線はまだ蒸気機関車だった。小さな駅舎を出ると、民家がまばらで、畑中に農家が点在していた。踏み切りを渡って線路の反対側は坂道になっていた。伯父の家はすぐ分かった。生垣で囲まれた平屋建てでこぢんまりとしていた。玄関脇に縁側があり、日差しで暖かそうだった。庭に石灯籠が立っていた。伯父が玄関から出て来た。和服の着流しだった。少ない髪を分け、鼻下にチョビ髭をたくわえ、逓信官僚らしい風貌がにじみ出ていた。伯父は「入れ。入れ」と内に招き入れてくれた。わざわざ訪ねて来た甥を歓待してくれた。

伯父は内縁のうめさんと、うめさんの母親の三人暮らしであった。これには、深いわけがあった。故郷気《け》仙《せん》郡《ぐん》下《しも》有《あり》住《す》村《むら》字《あざ》奥《おく》新《に》切《ぎり》の実家から、志をいだいて上京、郷土選出代議士の書生として住み込み、夜学で法律を学び、役人になった。田舎から出て出世した伯父は、積年の苦労がたたって大病を患った。生死の境で、うめさんの看護で一命を取りとめることができた。そして伯父の現在があった。

うめさんのことは、後に聞いたことであるが、故郷には、妻ナツと息子、そして母サヨの三人が家を守っているという現実の中で、実家に気づかいながら伯父なりに一代を築き全うしたと思っていたに違いない。

その日、うめさんは何かと気を使って、とりもってくれ、話が弾んだ。動員の話を聞いたり、自分の仕事のことなど話は尽きなかった。伯父は能弁だった。しかし、故郷のことは一言も言わなかった。最後に、退官したら僧侶になるともらした。子どもの頃からなりたいと思っていたという。そして、伯父は、戦後実際に僧侶の資格を取って、実名を改め、彦作を清玄《せいげん》とした。

私は伯父の家ですっかり寛ぎ、ご馳走になって茅ヶ崎に帰った。

動員先で一年繰り上げ卒業

昭和二十年三月、四年生は一年繰り上げの卒業式を迎えた。修業年数を一年繰り上げの法令が施行されたからであった。国は早く卒業させ、本土決戦に備えるためだったのだろう。戦争は、空も海も米軍に制せられ、本土決戦が現実味を帯びてきていた。軍は、一億玉砕と言い始め、もはや戦力は、国民その者しか残っていなかった。

校長は卒業証書をリュックサックに入れて大船に来た。工場の食堂が式場だった。校長が式辞を述べ代表に卒業証書を授与した。来賓の海軍軍需監督官が祝辞を述べた。式を終え、外で卒業記念写真を撮った。

しかし、卒業したからといっても、動員が解除されたわけではなかった。動員は継続された。ただし、これには例外は認められた。

それは、国鉄と代用教員を希望する者は帰郷を許すと告げられたことであった。

担任はできるだけ多く帰したかったらしい。空襲が激しくなるにつれて、動員生徒の安全の保障が難しいと考えたからであった。

万一犠牲者が出た場合、どうなるのか、と考えれば、一人でも多く親元に帰すことだと考えた。担任の安藤先生は、後日述懐していた。動員に出発する朝、厳父より強く言いふくめられていた言葉があった。「生徒を一人でも死なしてはならぬ」と。

昭和19年　田瀬ダム建設現場　中学四年生

帰郷

三月末、私は代用教員を希望して帰郷を許された。東京は三月の大空襲で完全に廃墟になっていた。しかし、東北本線はまだ無事で上野から辛うじて乗車できた。

上野広小路から上野公園の前にかけて、防空壕から出てきた多くの人々の群れが右往左往していた。

大空襲の凄まじさで燻っているこの光景から逃れるように、満員の列車に乗った。

東北本線帰郷列車は、一刻も早く戦禍の東京から逃れようとする人々で超満員だった。詰め込めるだけ詰め込んで上野駅を発車した。幸いＢ29の空襲はなかった。三月の大空襲で東京は一面、焼き払われ、皇居まで焼いたので、米軍は当分ひと休みなのか。それでもいつサイレンが鳴るか、びくびくしながら、ひたすら、機関車は満員列車を牽引した。蒸気を吹き出す音、真っ黒な煙は死に物狂いの生き物のようだった。客車の中は、大きな荷物と人で一寸の隙間もない状態であった。客席には幸い座れたが、向かい合いの四人掛けは六人で譲り合い、間に一人が割り込み、通路は人と荷物で、移動できない状態であった。

一番の問題はトイレであった。トイレまで移動は不可能な状況下では、万事休す。思い切って、窓から身を乗り出し、手で支えながら用を果たす、決死の曲芸をしなければならなかった。

久しぶりに我が家に無事に帰った。帰るや否や、母は私の着ている下着全部脱がせ、大きな盥《たらい》に入れ、竈《かまど》でお湯を沸かして熱湯を注いだ。シラミ退治のためだった。これをしなければ、大変なことになる。しかし、これはなかなか困難だった。汚れた下着を洗濯しても石けんその物がこの虫が好む臭いのする魚油で作られていたため、シラミは絶えなかった。

戦争は弾丸だけの戦いではなかった。この虫を絶滅できたのは、戦後だった。

十、教師として半生

上有住国民学校

昭和二十年三月、戦争はまだ続いていた。

代用教員の申し込みは、町外れの郡役所であった。面接というものではなかった。申し込むと希望校を聞かれ、即刻、上有住国民学校と決まった。戦争末期、いかに人材が不足していたかが分かる。中学校四年を終了しただけの若者に子どもを指導できるだろうか。これははっきりしているが、とにかく、切羽詰まった現状に不足分をあてはめることに急で、事前の指導も教育もせず、現場に立たせることは、正に学徒動員の時と同じやり方であった。犠牲になるのは子どもたちだけだった。

校長はこれを承知の上か、代用教員を四年生の担任にした。とにかく、教壇に立った。

子どもたちと何を話し、何を教えたか、全く記憶にない。子どもたちに申し訳なく、慙愧の思いのみの一年間であった。しかし、子どもたちは、「先生、先生」と呼んでくれたし、誰一人として、未熟な教員を手こずらせるような子どもはいなかった。それは、この村の親たちにあったと思う。親は昔から学校を信頼し、教師を尊敬していたからだろう。たまたま、この村に来た若者は村の中で支えられていたからだろう。そう思うと、後に一年で去ったことは、子どもたちや親たちを裏切った申し訳なさで、いっぱいであった。

下宿は茶屋の屋根裏の小部屋であった。ここの女将さんには、親身になってお世話してもらった。

校長新沼孝太郎氏は、村出身で二十八歳で校長になった逸材であった。酒を好み、豪放《ごうほう》磊落《らいらく》な人物であった。チョビ髭はトレードマークであった。首席の吉田氏は温厚で手堅い人物。次席の佐賀氏は快活で話し好きだった。千葉訓導は厳しく頭の回転が速く、相手の間違いを許せないタイプであった。女性ではベテランの教師が揃っていた。その中の一人は、たびたび教室を覗きに来て応援してくれた。

子どもたちが下校したあと、教師たちの共同作業がよくあった。村出身の戦死者慰霊室作りでは、板で枠を作り、戦死者の遺影を貼り付けて壁間に掲げた。

七月、校庭脇の空地を全教員で開墾して、畑を作っていた。よく晴れた日だった。雲一つないのに遠雷の音がした。訝しく思いながら作業をしていた。誰一人として、この音を気にしている者はいなかった。

実は、まさにその時が、釜石の米艦隊による艦砲射撃の最中であった。釜石製鉄所と共に市街は壊滅し、多くの死傷者が出た。山一つ隔てた隣村では全く同じ時、何事もなかったように時を過ごしていた。

八月十五日、私は夏休みで遠野に帰っていた。

雑音だらけのラジオで、正午の臨時ニュースを聞いた。聞き慣れない口調の天皇陛下の声は意味不明だった。しかし、戦争は終わったことは分かった。翌日、学校に帰った。

学校では、米軍が来るというので、木刀、木製の長刀《なぎなた》など武器らしき物を始末せよと村役場からの知らせがあって、大わらわであった。

ある日、突然床板を踏み鳴らして入って来る靴の音がした。校長室の戸を開けて、入るなり、校長に向かって挙手の礼。校長は驚いて立ち上がった。入って来たのは復員した陸軍少尉殿であった。「申告します。高橋一郎　ただ今内閣総理大臣の命により復員着任しました」師範学校卒業後、赴任予定の学校だったが、軍隊に入隊、終戦とともに任地校に着任した、ということだった。校長の後日談から。

下宿していた茶屋の女将さんが病気になり、私は下宿を出た。近くの農家の離れを借りて自炊を始めた。小さな鍋釜と七輪を用意して、庭先で煮炊きした。炭をおこしたり、調理することは、慣れないことばかり、手間暇もかかる。食べることにこんなにもエネルギーがかかるのか、と思い知った。

台風襲来、気仙川が氾濫、狭い集落の田畑が泥沼になり、山崩れで農家が全壊、一家全員が死亡するなどの被害にあった。ニュースもなく、救援もなくなされるままの状態であった。人手も足りず、戦争中の荒れたままの山も川も、台風にはなす術《すべ》もなく惨状を招いた。

翌昭和二十一年一月、私は三月に退職して師範学校に行くことを校長に申し出たら、校長は卒業したら戻って来いと言ってくれた。

三月末、宿直室で手作りの送別会が開かれた。中学校を出たばかりの若者のために、一年間、学校にいただけで、温かく送別してくれたことになんとお礼を言っていいやら、言葉が出なかった。子どもたちにどれだけの教育をしたのか。学校に何か役立つことをしたのか。恥じ入るばかりなのにと。それでも、まわりのベテラン訓導たちの目は温かかった。

誰一人、冷たく口をきいた者もなく、何くれと気を使ってくれた。教育の世界とはこういうところなのかと。一年で得たものはこのことだった。

学校を去る日、いつも厳しい千葉訓導が、大学ノート一冊を餞別にくれた。

岩手師範学校

昭和二十一年四月、父は、経済的に余裕がないのに黙って送ってくれた。師範学校は、戦前より官費制で、出資は、食費程度であったが、息子を三年間盛岡に送り出すことで、経済的負担は家族みんなにかかっているのは当然だった。

しかし、父は、自分は木山師をしたり、苗木屋をやったりしたが、財を成すに至らなかったことに、息子が教員になることで安心したのかもしれない。

戦後一年目だった。師範学校は、盛岡の市街地の北の端にあって、盛岡大空襲にも遭わず無事だったが建物は戦時中の荒れたまま、傷みは激しく汚れは甚だしかった。腰板、床板、窓枠などが傷み、寮は土足で出入りしていた。戦争が終わったばかりだから、盛岡の町も、荒涼として、闇市《やみいち》だけが賑わっていた。

学校の敷地は広く五万坪の学校農園があり農園に接して学生寮が四棟あって、本校舎と廊下で連絡されてあった。西側にグラウンドがあり、岩手山が遠望できた。

戦前戦中は、全寮制で学生は全員入寮する建前だったが、戦後は希望制になっていた。しかし、遠隔地出身者が多かったため、大部分の学生が入寮していた。

寮の運営は、寮生の自治会組織で行っていた。寮生の部屋割り当てから食堂の運営まで寮生の組織でなされていた。

部屋には、先輩後輩が交じり互いに交流できるように寮生活が工夫されていた。

一年生の時は、北寮であった。同室に、三年生が二人、二年生が二人、一年生が二人であった。部屋は二つに分けられ、学習室と寝室になっていた。学習室には各自の机、本立てがあり、寝室はベッドだった。

寮生は、起床、就寝時間、消灯、清掃、食事の時間が決められていた。

戦前からの規則だったと思うが、戦後も、伝統的に引き継がれていた。寮生活の流れは、授業を除き最高学年、三年生の動きに従って動いていた。起床と同時に室内、廊下の掃除など、それぞれの部屋の三年生に従って行った。

朝食後は、各自本校舎に移動して授業を受け、昼食に戻り午後も授業に行き、終わって寮に戻る、その繰り返しで一日を過ごした。

夕食後、学習室では各自の勉強の合間に、先輩、後輩交じって談話の花が咲いた。

寝室のベッドは古い木製であって、木の割れ目には、南京虫《なんきんむし》が巣くっていた。夜中に這い出して来て、寝床にもぐり込み、首筋、脇の下、腰など体温を感知して、ねらい撃ちに刺した。この虫は、人間の生き血を吸って生きていた。寮生は、ほとんどこの南京虫にやられていた。朝起きると刺された痕が赤く腫れて目立った。刺されると痒くて無意識に引っ掻いてしまうので爪の痕も残った。

寮は一大南京虫の巣窟だった。その原因は、盛岡連隊にあったのではないか、と言われていた。木製ベッドは、戦後連隊の兵舎にあったのを払い下げた物だと聞いた。ベッドと一緒に南京虫も引っ越したというわけであった。兵舎のベッドの南京虫は、中国から帰還兵と共に日本に渡って来たにちがいない。

戦後日本は、ノミ、シラミ、南京虫の天国だった。この虫を退治してくれたのは、アメリカ進駐軍だった。ＤＤＴという白い粉が、室内に散布され、さしもの虫どもも逼塞《ひっそく》した。

昭和二十二年、二年生になって中寮に移った。部屋は一階の西側の端だった。この部屋は、便所のそばでいつも臭気が漂い、いい部屋ではないと思ったが、部屋の者は誰一人として愚痴を言う者はいなかった。みんな陽気だった。部屋では、駄洒落《だじゃれ》がとび、笑い声が絶えなかった。

真冬のある日、部屋に便所掃除の当番が回ってきた。便所は小用は垂れ流し、大用は落下式、便所の物は、岩手山から吹き下ろす北風でカチカチに凍っていた。掃除といっても、この氷の物を砕く作業だった。大勢の寮生が排泄した黄金は、積もり積もってピラミッドのようになり、てっぺんは、口切りになってピカピカに凍っていた。このピラミッドを棒で叩き崩すのに、悪戦苦闘の便所掃除だった。不思議にも凍てついた物は臭くはなかったのが救いだった。昭和二十三年、三年生で南寮の二階一号室に移った。北から南への移動で救われた思いだった。最終学年になって、条件の良い部屋に移ったことは、偶然とはいえ恵まれた出合いに、有りがたいと思った。同室の三年生の二人は優秀な人材だった。いつも話題は学問的だった。教授のこととか、時事、情報博識で豊富だった。一人は、東北大から高校長、県教委の幹部に、もう一人は市内中学校長にと大成した。二人ともに故人となってしまったが、南寮一号室の思い出は二人のことばかりである。

授業は、教育関係のほか一般教養的授業もあった。教育関係授業では、教育学と石田教授の教育心理学など、一般教養では森教授の政治哲学、横田教授の地理、佐藤教授の物理、黒沢教授の数学、小澤教授の国文、小丸教授の書道、栗原教授の美術、藤井教授の英語、千葉教授の音楽、専攻教科では、社会・地理学の川本教授、政治・経済学の森教授、英文学の斉藤教授たちの指導を受けた。

戦後、物資食糧の不足していた時、教授たちも苦しい生活をしていた。食糧の買い出しの便宜を学生に頼んだり、苦しい生活を抱えながらの講義は、学生にも感じられた。

研究をしないのか、一冊の大学ノートをいつも使っている教授もいたり。余裕がないのか、講義中、立っているのが辛そうな教授もいた。英文学の斉藤教授は、戦時中の台湾の台北帝大の教授をしていたが、終戦とともに着の身着のままで内地に引き揚げ、家族で寮の一室を住居としていた。どの教授も国民服のままだった。戦争の疲労は一層深刻な時期だった。

そんな中輝いて見えたのは、数学の黒沢教授と政経の森教授だった。黒沢教授は異色の人だった。学歴は師範学校。独学で文部省検定を合格、師範学校教諭・教授、新制大学では教育学部教授、学部長・学長となった。森教授は、専門の経済史から特に岩手の経済史研究では権威者であった。

教育実習は、盛岡市立仁王小学校であった。私は大峯《おおみね》香澄《かすみ》先生の指導を受けた。先生は、気骨のある情熱家で、実践的教師であった。指導は、行動的でジェスチャーを交え、子どもを引きつける達人だった。その先生の指導実践をじっくり観察することができた。しかし私が、いざ授業に入っても、素早い子どもたちの動きをコントロールできず、授業は軌道から外れる始末であった。子どもをひきつける授業の難しさを教育実習で、体験した。一日の授業が終わり、大峯先生に実践記録を提出した。先生からは、指導内容がビッシリと書かれて返された。子どもがどうして授業の中で動いてしまったか。指導者の動きと、言葉との関わりなど、鋭い観察内容が書かれていた。徹底した子どもの観察と、教師の行動を学んだ。優れた指導者である大峯先生は忘れられない一人である。

昭和二十四年三月、卒業式を迎えた。

卒業証書と教員免許書が授与された。

昭和21年　寮の同部屋先輩と共に　筆者後列右から２人目

私学十八年　釜石鉱山学園

赴任校は卒業前に決まっていた。学園の校長が、同級生のS氏を通して就職を求めていたことに内諾していた。

学園は、釜石市甲子《かっし》町大橋の地にあった。

ここは日本一の生産を誇る鉄鉱山である。近くに釜石鉱業所があって、学園は鉱業所が従業員の子どもの教育のために建てた施設であった。学園の歴史は古く、大正元年に創立、分校としてスタートし、独立して小中併設の学園になった。鉱山は、遠野と釜石の境にある標高千二百メートル級の峻険な北上山地に挟まれた谷あいにあり、交通の便が極めて悪かった。内陸の遠野側から鉱山のある大橋に行くには、遠野からの軽便鉄道は仙人まで。そこから徒歩で標高八八〇メートルあまりの仙人峠を越えるのが唯一の交通路になっていた。いずれにしても交通の要衝であったので、道は狭くて険しくても、ここを通らなければならず、女性や子どものために駕籠《かご》かきがいたほどであった。

軽便鉄道が廃止され広軌になって、ＳＬがトンネルをくぐり、大橋に来られるようになったのは昭和二十五年、学園に赴任した翌年であった。それまで幾度も峠越えを余儀なくされた。マッチ箱のような軽便鉄道に揺られ仙人駅で下車、すぐ峠の登り口にかかる。峠の道は、人一人が通れる幅しかない、馬も通れない人だけの道、重い荷物は鉄索ロープウェーで運んだ。峠越えは約二時間の行程だった。頂上に旅の安全を守る小さな祠があり、茶店もあった。頂上に立って眺めれば、東太平洋側は温暖で冬でも雪は少なく、西内陸側とは気象条件が格段に違っていた。下りは急坂で、若者であれば一気に下れたが、カーブがきついので危険だった。下り口は大橋の鉱業所の事務所裏にあった。学園はそこから谷川沿いを上り、大橋の奥にあたり、選鉱場があって、その近くにあった。選鉱場が建つ山と谷川に挟まれた場所に校舎が二棟鉤形に建って、割に広い校庭があった。釜石鉱山学園だった。

職員二十三人、児童生徒数は七六〇人、学校規模としては、中規模校であった。

校舎は小中別棟、職員室は同室であった。

職員の身分は、教員ではあるが、会社の職員として給料も会社の職員規程によった。

赴任と同時に会社の採用辞令が渡された。

辞令は、日鉄鉱業株式会社名で、―書記を命じ月俸九百円給与する―釜石鉱業所勤務を命ずる―であった。書記は事務職の下級職名であった。学園は鉱業所の組織では、総務課の教務係に位置づけられていた。校長は係長級の身分であった。これは、会社の給与体系からの位置づけであって、会社は学園経営については一切干渉することはなかった。むしろ、教育に必要である物については、積極的に支援した。

下村校長の学園経営

私立という特性と、直接監督されない自由の中で、学園経営を思いっ切りやっているというようであった。校長の教育信条は、家族愛で、親が愛情を込めて子を育てる心情をモットーとしていた。学校経営は、環境の整備からが大事であると、校庭は子どもたちが裸足でも運動できるように、整備は徹底した。毎朝の朝礼では、全校生で石拾いをする。運動会が近くなると、授業を割いて校庭整地と称して、地面を掘り起こし出てきた石ころを除き、土砂を篩《ふる》い分けて、小石を除いて砂土でならして整地した。出て来た石ころは校舎裏の石垣の裏石に使った。

そして、整地された校庭で運動会が行われた。

理科の観察用に池が造られた。中学三年生を使ってその作業が行われた。男子教員が土を掘り起こし、男子生徒は二人一組で土石をモッコという縄で編んだ袋に入れ、担ぎ棒で担ぎ運んだ。女子生徒は石拾い。教師も生徒も区別なく働いた。作業は、授業の合間に、長いことかけて池は完成した。水が湛えられ、睡蓮が植えられると、花が咲いた。鯉が放され泳ぎ回った。池の中央に橋が架けられ、子どもたちが橋から池の中を観察していた。池が完成すると、野外山草園が作られた。山から雑木を掘り出して、校庭の一画に移植し人工雑木林ができた。それを金網で掩《おお》い、小鳥を放し巣箱を取りつけた。

校舎裏に温室を造るため、基礎工事の作業が始まると、中学校の男子生徒と男性教師たちが、土を掘ったり石を運んだり、組み立てたりした。作業は、大抵は午後の放課後であったが、教師たちには、授業の準備や学習のまとめなどの事務の時間がなかった。

温室は鉱業所の協力を得て完成した。

外周りの環境が一通り整備されると、校内整備が始まった。廊下の天井に天井画、壁間に子どもたちの絵を貼り、階段の踊り場に昆虫標本箱、鉱物標本箱を陳列し、子どもたちが観察できるように整備して、廊下博物館と称した。この作業も教師と子どもたちの共働で行われた。

学園の校内活動に自由研究があった。小学校の中学年以上、中学校までの生徒で編成されていた。あらかじめ決められているクラブに子どもたちは希望で入れるようになっていた。

動物班、鉱物班、木工班、植物班、手芸班、音楽班など。ユニークなものに、竹細工班、下駄班があった。これは、戦中戦後の物資が不足していた名残で、笹竹など豊富な材料に恵まれている地域の特徴や、鉱山の利点を活用した活動であった。竹細工は、笊《ざる》や籠を編む作業であったし、下駄は鉱業所の木工作業場から材料をもらい、戦時中は児童の履物を作った歴史があった。学園ならではの工夫が活かされていた。

清掃は学園の特徴ある活動として、徹底して行われた。校内の清掃は一日三回行われた。始業前、昼食後、放課後と、清掃の手立ては、決まっていて、掃き拭きと、教師も一緒に毎日行われるので、床はいつも光っていた。

特に便所掃除は徹底していた。男子用便所は、仕切りごとに当番が決められてその場所は一年間変わらなかった。当番の子どもは自分の場所に敷き板を置いて腰を下ろし、両足を溝に下ろし、足の指に小石を挟んで汚れを削り取る要領で清掃した。その間、別の当番がバケツで水を何回も流した。冬ではお湯を運んで来ては、足元に流すので、便所掃除というより、水と遊んでいる感覚で嬉々としていた。女子便所は、女子の当番で、便所の金かくしを外して、流し場でタワシで汚れをこすり取り、水で流し、雑巾で拭き元におさめて終了であった。便槽の汚物は、男子当番で、外側から汲み取り、ブリキ缶に入れて、川辺りの簡易濾過槽に投入していた。汲み取ったあとの便槽には水を注入した。この徹底した清掃で便所から臭気が消え、臭くない便所と言って子どもたちは周囲に自慢していた。このような徹底した掃除ができたわけは、豊富な沢水に恵まれていたことと、子どもと教師がいつも共働であったから可能であったと思う。

しかし、学園の便所掃除について会社からクレームがついた。女子便所の汲み取りについてであった。簡易濾過《ろか》槽に投入していたことが問題であったようであった。お蔭で会社は、本格的浄化槽を設け、簡易であるが水洗式に改良してくれた。

また、冬期の暖房も薪ストーブからスチーム暖房に改善してくれた。このことは、子どもたちと教師の作業を軽減し、本来の教育的活動に専念し学業に集中してもらうことの願いがあったからであった。

昭和26年頃　学校の教職員

神戸大学教授森信三先生の来校

昭和二十八年、学園の噂を聞いて来校。

学園の活動を目にして感動し、全国各地に推奨してくれた。そのため、各地からの来訪者が増加、教師と子どもたちはその対応で多忙を極めた。

学園は来訪者を歓迎の歌で迎え、特別に集団体操を見せたり、無理な日程を取ることが多くなった。

次第に学園内に不満の空気が漂い始めた。

たまたま、来校中の森先生の察知するところとなり、学園の空気を鋭く指摘した。学園の現状は、張り子の白鳥のようであると。

本心を見抜かれた思いがした。先生からは、それ以上学園のことについての言葉はなかった。

昭和三十一年、校長は学園を去った。

校長が考える理想に向かって、強引につき進んだことが無理を招いた。

学園の新生

昭和三十一年四月、新校長に、土橋二郎氏がなった。土橋氏は学園の古参教師であった。教え子も多く、学園のこと、地域のことに通暁し、人望があった。

新校長の方針は、民主的で教師一人一人の自主性を尊重することであった。そして、以前行われた労作や無理な活動をなくしながらも、学園の長所としていた清掃活動を改善しながら持続することであった。

ほぼ公立学校で行われている活動内容に沿ったものを取り入れた。公立学校との交流を図り、教師も生徒も釜石の公立校の教師、生徒に接する機会を作った。

特にクラブ活動やスポーツ大会などには、積極的に参加し、好成績を得て、学園の生徒の自信につながった。

昭和三十六年、全国一斉学力テストが行われた。日教組は赤旗を掲げて反対し、実施できなかった学校が多かった中で、学園は、私立の立場で無事に実施し、学力の高いことが評価された。

昭和三十七年、釜石市内、最初の学校給食が開始された。会社の支援があって、設備が整い、認可された。市内では釜石小学校が設備していたが、認可されずにいた。市長鈴木東民氏は、革新的市長として有名であったが、学校給食はドイツ式を主張し、釜石小学校はせっかくの設備も不認可になっていた。

学園は、公立学校の外にいて、独自の教育に専念できた。前任の個性的経営者が去ったあとも、教師と生徒が一体となった、共働の理念を持続してきた。

金のタマゴたち

昭和二十九年から、日本経済が上昇し、神武景気などと言われ、中学校卒業生は貴重な働き手として求人数多《あまた》であった。

学園の中卒者の多くは、東京、関西方面に就職し故郷大橋をあとにした。

多くは、東京の江東、墨田区の中小企業に就職した。鉄工所や銅板製作所、米穀販売などで働いた。

遠く関西、中部に就職した生徒では、滋賀県の絹糸紡績所、愛知県蒲郡のジャガード織物業など、そのほか地元で鉱業所の養成工員となり鉱山で働く者もいた。

多くは、最初の職業を全うしたが職を替えて転々と移動した者、怪我をして辞めた者、長い年月の間に多くの辛酸をなめたにちがいないタマゴたちだった。

愛知県蒲郡のジャガード織物工場に就職し、三十年も働き通した女子生徒は、工場の安定した需要景気に支えられ、操業が順調であったとは思うが、本人の忍耐力と誠実な精神と信頼によって、こうも長年働いたことは驚嘆に値する。彼女は独特な織り方をマスターして、現場の責任者となり、ジャガード一筋で生きた。

平成十年、彼女は病に倒れ、亡くなった。

彼女は、織物が唯一の楽しみだったと言っていた。最後はジャガードで燃え尽きたように消えていった。そのほか、金のタマゴたちは、当時就職指導だった教師には想像もできない、数々のドラマの中で生きてきたにちがいない。

彼らは、すでに現役から退いて余生を送っている。彼らが口にするのは、就職してからの体験とともに、学園時代の教師とともに味わった作業や掃除のことであった。そこには、懐かしさと誇りが感じられた。

学園の同僚たちのこと

昭和二十四年以降三十年までに多くの教師が入り、去って行った。男性六人女性六人。会社の景気の上昇によって、児童生徒が増加し、教師が必要であった。また学校は児童の指導を優先した経営に必要な人材を望んだと思うが、池を掘ったり、石垣を築いたり、恐らく学校の仕事ではあり得ない経営に耐え得る人材も望んだにちがいない。表向きは内実は伏せての採用であったから、初めての体験の衝撃は大きかったに違いない。しかし、不思議にも誰からも不満の声を聞くことはなかった。それは、若く独身で他校の経験がなかったという背景があったからだとも思われる。

そして、この過酷さに耐えられず去っていく同僚もいた。自ら求めて入った教育の場が、予想だにしなかったことに、衝撃は抑え切れなかったであろう。

ほかに職を求めて転職した同僚もいた。N氏は新銀行が開行されると、行員募集に応じて入行し、銀行マンになり、業績を上げ支店長に、そして重役へと昇り詰めた。しかし、銀行出資の証券会社を運営したが、バブル崩壊で倒産、病に倒れ亡くなった。

S氏は、学園体育指導では中心的教師であった。学園に取り入れたデンマーク体操は、玉川学園で修得してきたものであった。徒手体操、器械体操、組体操、棍棒体操など、ユニークな取り組みは、私立の特性を活かした教育であった。

K氏は、年輩のベテラン教師であった。下村校長の勧誘で公立校を辞して、学園に移ってきた。実直でコツコツ勤め、同僚からも好かれ、どんなことが起きても怒ることはなかった。生徒、父母から慕われていた。植物に詳しく、書に長じていた。定年退職したあとは、盛岡に住んでいたが、不慮の事故で死亡した。

もう一人のK氏は、学園には古く、事務、経営に通暁し、対会社、渉外など、学園経営では校長の補佐をしてきた。また若い教師たちへのアドバイザー的存在でもあった。学園を支え学園が公立移管するまで、学園と共にした。

しかし、退職後に病死した。

T氏は、学園最古参の女性教師であった。地元出身で学園の歴史と共に歩んできた教師であった。多くの教え子に、慕われ尊敬されていた。ベテランでありながら高ぶらず、いつも謙虚で多くの教師たちから一目置かれていた。定年退職後、盛岡に住んで、高齢で亡くなった。

その他多くの先輩、同輩の仲間の教師たちとは、十八年間に及ぶ付き合いがあった。学園勤務の中で長きにわたって、苦労を共にしてきたことがほかでは体験できない貴重なことであった。

結婚、妻のこと

昭和三十年、釜石鉱山学園一年先輩の教師梅原貞子と結婚した。新居は唄貝《うたがい》に建っている古い鉱山社宅だった。戦時中に北海道の炭鉱住宅であった物を解体し、筏《いかだ》に組んで津軽海峡を越えて持って来たといういわく付きの社宅だった。

粗末な古材で建てたものであったから、掘っ建て小屋同然、四軒長屋で隣の家との仕切りは、一枚板、隙間から明かりが漏れて見えた。

古新聞紙を貼って隙間をふさぎ、新居のプライバシーは最低限の確保はできた。会社は、畳は新しい物に取り替え、便所は便器を新しく作り替えてくれた。炊事場は玄関の脇に一枚板がわたされただけ、煮炊きのコンロは、炭火用の物を用意した。

水道はなく、共同流し場を利用するようになっていた。流し場は長屋の間にあって、いつも流しっ放しであった。沢の水を引いて作ったものだから、年中流れていた。屋根がかかって、電灯が一つぶらさがっていた。朝夕のご飯時には社宅のおかみさんたちで賑やかな社交場になっていた。

風呂は共同浴場だった。夕方風呂に行ったら、大勢の子どもたちと大人たちでいっぱいだった。

浴槽は人で溢れるばかりで、中に入る隙間もないほどの混みようだった。湯は大勢の垢で濁り臭いがした。しかしそんなことなど気にもしないで、談笑しながら寛いでいるようだった。一日真っ黒になって坑内で働いて来た坑内作業員には、ここが天国に違いない。そんな気がした。

その年の暮れ、会社からの連絡で社宅の引っ越しが決まった。大松の社宅だった。唄貝より東へ三キロほどの所。ここは四百戸ほどの社宅があった。その中で、南側でなだらかな斜面に建っている一棟の三軒長屋に入居した。ここは唄貝社宅とは違って、日中、陽当たりがよく明るく、開放的な雰囲気があった。ここから毎朝、会社の出勤バスで学園に通った。昭和三十三年、息子直樹が生まれた。

共働きのため、いろいろな人に子守りを頼み、直樹は多くの人の手で育てられた。妻の妹や遠縁の方、社宅の方々などといずれも子育てのベテランの女性たちに引き継がれるように、幼児期を育ててもらった。これだけの人に守られて無事に過ごせたことは幸せであった。

お蔭で私たち夫婦は、心おきなく働くことができた。昭和四十二年、学園が公立に移管になると、妻は退職して家事に専念した。しかし、息子が中学校に入って間もなく、妻に臨時教員の依頼が入り、公立小学校に勤務することになった。産休教員の補充だった。勤務校は短期間で多数に及んだ。遠野市内は、遠野小、東禅寺小、上郷小、釜石市内は、釜石小、大渡小、白山小、そして大槌町は、大槌小と。多くの小学校に勤務し、多くの教師たち、子どもたち、そして母親たちとも知り合いになったことは、妻の財産になったのではないか。

学園の終焉～公立移管

経済のグローバル化の波で、釜石製鉄所に供給していた鉄鉱石の価格が、オーストラリア産の鉄鉱石の価格に押され、会社は合理化に踏み切った。昭和四十一年、会社は非生産部門から徐々に廃止あるいは縮小し始めた。

ついに学園も自治体に移管することに決定し、釜石市との交渉も成立し、昭和四十二年四月一日より釜石市立大橋小・中学校に変わった。大正元年（一九一二年）に、時の日本製鐵株式会社、釜石製鐵所鉱山小学校の大橋分校として設立されたのが、学園の始まりであった。分校は、鉱山の敷地の一画に建てられた。昭和十二年に起きたシナ事変とともに、生産は拡大し、多くの従業員を擁するようになり、児童数が増加した。児童数の増加で、分校は本校に昇格し、校舎を新築した。第二次世界大戦を境に児童数は千人近くになった。

戦後は生産は縮小され従業員は減少したが、昭和二十五年の朝鮮戦争には再び、鉄の需要が増え従業員数も回復し、児童数は増加した。しかし、世界経済の変容は鉱山の生産を左右した。学園は会社の景気の動向と関わってきた。私は十八年間勤めた学園から、公立中学校に転勤となり、釜石市立大橋中学校教諭となった。大橋中学校の職員構成は、校長は土橋二郎氏、小学校長兼務で、職員は公立校より教頭ほか三人が転入、新卒が一人、学園より転入が四人であった。

翌四十三年には、隣の大松中学校と統合し、釜石市立西中学校大橋分校となった。土橋校長は鵜住居《うのずまい》中学校長に転勤して、長年、鉱山と共に学園に勤めていた大橋の地を去って行った。後任の校長石崎直治氏は大松と大橋の両分校を抱え、新設校の教育計画作成に奔走した。教師たちは、たびたび両分校を往復し、立案計画の会議を繰り返し年度末には計画書を完成した。

十一、公立校の遍歴

遠野中学校に五年

昭和四十四年、私は遠野中学校に転勤した。初めて釜石の地を離れた。遠野中学校は、生徒数六百人、職員四十人の大規模校であった。校長は武田孝一氏で、温厚、無口で気骨のある風貌の人物であった。着任の挨拶をすると、私の担当は三学年学年長ということであった。

三学年は、五クラス編成であった。五人の担任はいずれもベテラン揃いで、力強かった。

三年生は、進路指導で大事な学年であるが転入したばかりで、よく状況を把握していない私をほかの教員方は支えてくれ、協力してもらった。全員が明るくて率直に話し合える仲間であったことが何よりであった。学年会をたびたび開き、情報交換、意見交換を図った。

特にS氏は三年生の生徒指導にあたっては迅速、的確に対応してくれた。無断欠席の生徒には、即刻、家庭訪問し、生徒、家庭状況を把握し対応したことを私に報告してくれた。問題行動がある生徒に対しては、対応が敏速だった。また一人一人の行動のパターン、性格、習癖をよく把握していた。生徒の問題行為の情報に詳しく、生徒指導上の大きな力となった。それは、常に生徒と接して得たことであり、そこから得た情報は大きかった。

私の教科担当は三年の英語であった。英語は受験科目であり、特に力を入れて指導した。言語学習は、記憶に頼る学習指導、繰り返し繰り返しの学習指導と、宿題は必ず課し、授業では点検した。遠野中学校の生徒の態度は、真剣だった。授業態度で注意した者はいなかった。残念ながら刺激が少ないので競争心に乏しかった。

昭和四十五年、私は生徒指導部長を割り当てられた。この年は、ほとんど生徒の問題行動の事後処理に追われた。

ある時校長室で会議中、突然パトカーが来校。警官が入って来て、生徒一人を保護したという連絡だった。私は急ぎ校長に報告し、警察署にその生徒の担任と急行した。男子生徒は二年生だった。警官から一部始終説明を聞くと、男子生徒は、市内にある銭湯の女湯の床下にもぐり込み、床に穴をあけ覗き見をしていたそうだ。床下には発売禁止の週刊誌が持ち込まれてあった。銭湯からの通報で保護されたのだった。

私は警官の説明を聞き、本人の確認をし、学校に連れ帰った。保護者に連絡をし帰宅させた。男子生徒は、普段は目立たない大人しい生徒であると担任は言っていた。

表面は、問題がないように見えても、心の中は問題を抱えていた。見えない心の問題が、覗き見事件で発覚したことは、彼にとってよかったかもしれない。発覚しなかったら、今後どんな事件に発展していたかもわからない。その後、彼は問題なく過ごした。このことは彼の終生の戒めとして生きていることを願っている。

次に、二年の男子生徒、二人、バイク窃盗事件が起き、警察に保護された。

二人は、深夜県立遠野病院駐車場からバイクを盗み、市内から県道を走り、ガソリンが切れ、歩いていたところ、パトカーに乗った警官に保護された。ということであった。二人が一夜の中にしでかした事件。ただあきれるばかりであった。そしてまた驚くべきことは、家人が気づかなかったことだった。深夜に息子が家を抜け出たことを同室に寝ていた母が知らなかった事実。問題の根の深さを思い知った。

これは窃盗事件のため、学校の説諭指導で済むものでなかった。調書を取られ、司直に渡った。教師の指導の手にあまる事件だった。

昭和四十六年、私は教務主任、教育課程の編成と実施という重責を荷うことになった。教育課程の本命は授業が計画通り実施されているかの管理であった。

遠野中学校は、生徒活動が活発なため、授業時間が削られることがよくあった。特に道徳の時間が使われることが多かった。これを解消するために工夫された時間割を導入した。それはスライド式時間割であった。スライドして削られた教科、道徳は確保できる仕組みであった。これで実施時数のアンバランスを解消しようと試みた。しかし、毎週時間割が変わる煩雑さという難点があり、また教務主任の過労もあり、一年で廃止した。

昭和四十七年、遠野中学校は市教育委員会から道徳教育研究校に指定された。

初め職員の中に反対の声もあったが、生徒指導上問題の多い学校として、道徳教育の研究は欠かせないと説得し、研究に取り組むことになった。

私は道徳教育研究の計画を立案し、一年後に公開研究会を開き発表することにした。研究スタッフを数名お願いし、研究方法、スケジュール、資料作成、研究者の選定など。

さらに、研究アドバイザーの指導主事の要請など、骨格を全員で確認して研究が開始された。研究が軌道に乗ると、進んで授業を提供する教師も出て、校内の雰囲気は、やる気が漲ってきた。その背景には生徒活動の実績が、道徳教育に反映され効果が表れたからに違いない。しかし、一方で道徳教育の主題、徳目に迫らない授業を指導主事は疑問にした。

そんな中で私は県立教育センター長期研究生に指名された。研究は道徳教育であった。校内研究も進めなければならず、多忙を極めたが、むしろ、私も授業し、分析を試みることが校内研究に寄与するものと覚悟を決め、センターに臨んだ。センターで研究テーマと方法のアドバイスを受け、学校に帰って実験授業を試み、記録し、分析し検定標準化を図り評価してレポートにまとめ、センターに提出した。指導主事に指導を受けること数回、ようやくＯＫが出た時の悦びは、たとえようもなかった。

遠野中学校の道徳教育研究は佳境に入っていた。教師と生徒で交わされる会話には喜びさえ感じられた。しかし主題から外れる授業に、疑問も見えた。

研究公開の日には、近隣校から多数の教師が来校した。組合活動は活発で生徒活動に熱心な遠野中学校がどんな道徳教育を展開するだろうか、と興味津々だったに違いない。

講師に仙台市立第一中学校長が招かれて来校、授業を見て講評した。これは道徳教育に程遠い、と。この一言は忘れることはできない。予期していた講評であったが一種の爽やかさを覚えた。思えば議論し合い授業を繰り返してまとめた研究過程こそ、最大の成果であったと思う。いずれにしても遠野中学校に来て、最も充実した年であった。

吉里吉里《きりきり》中学校の三年

昭和四十九年に吉里吉里中学校に転勤を命じられた。そしてこの慌ただしさの中で父が死んだ。父には転勤のことは話していたが、息子がまた家を離れて行くことに一抹の心細さを覚えたのか。突然のことだった。三月十九日の朝であった。特に病で臥せっていたわけではなかったが、かかえていた持病のためか吐血して亡くなった。七十六歳だった。慌ただしく葬儀をすませると吉里吉里に発った。

遠野中学校は、武田校長が退職し、後任が菊池校長になっていた。校長は、吉里吉里中の藤村校長は管理に強いからよく教わるようにと言って送り出してくれた。

初めての教頭での転勤であったので、緊張して赴任した。吉里吉里は三陸沿岸、大槌町北部に峠一つ隔てた一集落である。人口二千五百人ほどの漁師町で活気があった。漁師は、遠洋漁業から帰ると家が建つとも言われるほどであった。狭い土地に真新しい豪勢な家が目についた。学校は海岸に向かってひらけた街が、一望できる丘にあった。木造二階建てで築後だいぶ経っていて、古びて傷みが見えた。

生徒数二一八人、職員一四人の中規模校であった。

教員住宅は一戸建てで、新しく風呂がついていた。前任者はもらい風呂だったらしく、後任者のために気を使ってくれたことが、有りがたかった。

最初は自炊をしたが、あとから妻と息子も呼んで親子三人で住むことにした。

息子は遠野高校に入学予定であったが、転勤が決まると釜石南高に転校手続きをしたところ、認められ、釜石南高に通うことになった。着任して待っていたのは、教員組合との対立問題そして春闘の嵐だった。藤村校長は、前任校長時代の組合との馴れ合い経営を一掃し正常化に取り組んで、職員と対立していた。職員は、校長と同じお茶は飲まない戦術で対抗し、茶器まで区別していた。新教頭の私は、思わぬ渦中に巻き込まれた感じがした。この対立を生徒が察知すれば、教育が難しくなるような雰囲気だった。職員は新教頭に仲介を頼みに来た。

しかし、これは話し合いで解決できるものではない。校長の教育正常化は馴れ合いではできるものではない。校長の考えの正当性を職員が理解するほかに解決の方法はないと、職員に一ヶ月がかりで説得した。そしてようやく組合の茶器は職員室から消えた。このことは、校長が教頭に指示したことでも頼んだものでもなかった。ようやく、頑《かたく》なな氷が解け始めたような、吉里吉里中の春の兆しだった。

しかし、時、あたかも春闘の嵐が襲ってきた。

六月、日教組は全組合員にストライキを指令。ストライキが近づくに従って、組合幹部による締めつけが激しくなった。教務主任のT教諭はストライキ反対を表明していたので、彼への風当たりはことのほか強かった。新年度を迎え多忙な事務を抱えたうえ、組合との対立のストレスで、ついに倒れた。軽い脳梗塞で、大槌病院に入院した。しかし、仕事があると、無断で病院を抜け出して出勤した。そして再び倒れた。今度は、くも膜下出血という重症で、緊急入院。そして、手術をした。長時間の末、手術は終わったが、意識が戻らず、戻った時には重い障害で正常に回復することができなかった。そして長い闘病生活の末亡くなった。

有望な人材が組合との対立の中で、犠牲者になった。

ストライキ決行の朝、出勤すると用務員と校長だけが職員室にいた。生徒はあらかじめ課題が出されていたので静かに自習をしていた。私は校長と自習を見回り、生徒は午前で下校させた。校内には一人も生徒はいなかった。正午過ぎ、釜石警察署から校長に電話が入った。しばらくして、警官たちが乗り込んで来た。職員室の家宅捜索の令状を校長に示し、捜索が始まった。玄関は警官で固められ立ち入りが禁じられた。およそ二時間にわたる捜索が続き、組合の証拠らしき印刷物文書を押収した。警察は組合の違法性のある証拠の捜索が目的であった。外が暗くなる頃、ようやく捜索は終わろうとしていた。ストライキの集会を終えて帰って来た組合員たちは、グラウンドで抗議の怒号をあげていた。警察は捜索が終了し、押収物品を持って帰って行った。とたん。組合員たちが雪崩れ込んできた。狭い校長室は組合員たちで溢れるほどだった。校長に抗議する声が響いた。校長は冷静だった。組合員たちは言うだけ言って引き上げて行った。

年末になって大槌町教育委員会の指導主事が来校した。道徳教育研究指定の要請であった。学校側は要請を受諾することにし、職員会議で説得し決定した。研究のスケジュールは、昭和五十一年の中間研究公開、五十二年に本公開することを決定した。教務主任に具体的な企画立案を指示した。

教務主任は、T氏が病休のためにM氏が代行を務めていた。M氏は緻密な立案計画の下に着実に計画を推進し実施した。彼は何より人望もあり職員の信頼が厚かった。

校内研究を計画通り進め、中間研究公開の日を迎えた。教育委員会をはじめ町内外から多数の参観者を迎えることができ、研究会は盛会であった。中間研究公開の中身は本公開並みの資料と授業内容であった。職員が一丸になって取り組んだ成果であった。

その年の卒業式では、式場に国旗が掲げられ、国歌が斉唱された。今まで拒否し続けていたことが、職員会議で議論はあったものの理解が得られたことが大きかった。ここまでに至るには紆余曲折しながらも、職員一人一人の信頼関係を得ることができた結果であったと思う。一年前には、校長の悪口が落書きされたり、荒廃した空気が漂っていたが、教員間の信頼が回復され、生徒にやる気が芽生え、生徒活動や学習に積極的に取り組むようになった。この年の進学状況は、釜石南高はじめ多数の合格者を出した。

類《たぐい》まれな指導力のある校長の下、優秀な教員に恵まれた吉里吉里中学校の最後だった。昭和五十二年、大槌小学校教頭に転勤を命じられた。藤村校長は釜石第一中学校長に転勤になった。

大槌小学校の三年

大槌小学校は、町内中心にある大規模校であった。児童数は千人を超え、職員は四十四人であった。児童数が多い理由の一つは隣の釜石市にあった。釜石は大企業の製鉄所を抱え従業員の住宅地を大槌に求めた。町内の桜木町は製鉄所従業員の一大住宅街となり、多くの児童は大槌小学校に転校した。

大槌小学校は、校舎を増築し、第二、第三校舎と複雑な配置になっていた。古い木造建築で狭い廊下は、昼食時には、多くの児童で溢れるばかりだった。

校長佐々木三男氏は著明な人物で、日教組の幹部をした組合活動家であり釜石市教育長もした大物校長であった。組合活動に理解がある半面、公文書にうるさく、一字一句チェックするほど、形式を尊重する役人的な一面もあった。

この年も春闘で例のごとくストライキがあった。ストライキの予定前から、違法行為に参加しないように指導しなければと思い、教頭の私は教員一人ずつに当たった。休憩時間に教室を訪ねたり、退勤後は自宅に電話したりした。

春闘が行われ、ストライキが決行された。

管理職を除く全ての職員が参加した。ストライキの翌日、私は校長室に呼ばれた。校長室に入ると、組合幹部の方々と校長が待っていた。校長に私は質された。ストライキに参加しないように教員たちを指導したのかと。はい、しましたと答えると、校長は、組合のみんなには誠に申し訳なかった。お詫びします、と頭を下げた。幹部たちは校長室から引き上げ、トラブルもなく平穏に事がおさまった。

昨日のストライキの集会で大槌小教頭の行為が取り上げられたその結末だった。

翌年の春、自閉症の児童が入学した。母親の希望で普通学級に入れた。児童を担任のA氏に観察してもらい、了解の上でのことであった。しかし、障がい児を抱えての授業は容易ではなかった。

突然、校庭から「ワァーッ」と一斉に叫ぶ声が聞こえてきた。何事かと見ると、一年生の子どもたちが一団となって、誰かを追いかけていた。よく見ると例の障がい児K君が逃げ回っている。K君は教室にみんなといるのが我慢できなくなり飛び出したようだ。このような出来事がたびたびありながらも、担任A氏は、根気強く、淡々と指導に当たっていた。

二年目には、K君のために特別学級を設置することを提案、校長の承認をもらった。校長は佐々木三男氏が定年退職し、後任は佐々木巌《いわお》氏だった。教育委員会の承認を得、二階の物置を改造し教室にした。A氏を専任にし、一対一で指導に当たってもらった。K君に必要な教具遊具類を調え、指導法を釜石国立養護学校の支援を受けて修得した。A氏は、たびたび指導を受けるために訪問を重ねた。一対一の取り組みが始まってから、K君の行動は安定し、嬉々として活動している姿が見られるようになった。

K君は極度の自閉症児で、言語障害、脳障害などでとても普通小学校では受け入れられない児童なのに、親の希望で苦労しなければならなかった。担任のA氏は、終始K君と向き合い指導に専念し、愚痴一つ口にすることはなかった。後年彼は車に撥ねられて死亡した。惜しい人材であった。

大槌小学校に対する行政の態度が一変した。指導主事の訪問回数も増え、関心度が高まった。教室の授業をオープンにできるようにと、私はできるだけ教室を訪問して回った。ややもすると、日教組編纂《へんさん》自主編集教材で授業が行われたりして、管理職が入ることを極度に嫌うので、予告してから訪問することにした。

目的は、児童観察であり、問題のアドバイスだった。次第に訪問のたびに教師も児童も、和やかに迎えてくれ、何らの違和感も覚えなかった。担任が提出する週録には必ず訪問の感想、アドバイスを付記して返した。このことによって教師の信頼が得られると考えた。

私は毎日退勤は最後だった。冬期では一人もいない暗い校内を全教室を巡回し、窓の施錠、ストーブの始末を確認して、最後に玄関に施錠して帰宅した。

この日も、第一、第二、第三校舎を見て回った。第三校舎の特殊学級の教室の戸を開けたとたん、ハッと、立ち竦《すく》んだ。テーブルの上にある電気コンロが真っ赤についていた。コンロにはやかんがのっていて、すでに空になって熱くなっていた。びっくりして、慌ててコンロのコンセントを抜いて、やかんには水を満たしておいた。

大槌小学校は古い木造校舎、マッチ一本でも容易に燃える。危うく一夜にして灰燼にするところであった。

職員室に戻り担任教師に電話し、事の顚末《てんまつ》を校長に報告するように指示した。

この夜は危うく、大槌小の沿革に不名誉な歴史を刻むところであった。

教職員等中央研修講座派遣

昭和五十四年二月十二日から三月四日、国立教育会館筑波分館で研修をした。分館は茨城県筑波郡大穂町大字大曽根にある、筑波学園都市にあり、校長・教頭を対象の、長期の研修であった。各自、宿泊棟ではベッドと学習机のある個室を与えられた。研修は分館の講堂で行われた。

内容は主として、教育行政、法令関係であったが、日本文化、芸術等、その道の達人の講話は教育と相通ずるものがあり、興味があった。特に将棋十五世名人大山康晴氏の人生経験、生き方に感動を覚えた。

「うたのおばさん」の声楽家松田トシさんからは、美しさ、豊かさを育てるには教師自身感動できるようにと、一流のプロの話の重みを感じた研修であった。

研修内容は、世界の教育、日本の教育、地方教育行政、教育指導と学校管理、学校管理の諸問題、学習指導の原理と方法、学校教育の課題等、全二十二日、二十八講座、演習課題六十七問と、ハードな研修であった。

三月五日、研修から解放され帰郷した。

鵜磯《ういそ》小学校の三年

昭和五十五年三月、鵜磯小学校への異動が決まった。校長としての初任地だった。鵜磯は地図にもない、小さな集落だった。

教職員数五、児童数十九、僻地一級、宮古市立鵜磯小学校、これが任地校であった。

三月末、六年間も住みなれた吉里吉里を、近所の人々と別れを惜しみ、トラックに荷を積み出発した。国道を北上し宮古の手前、津軽石《つがるいし》から右折し、左側に宮古湾を見ながら、重茂半島に入った。半島の白浜峠を越えて太平洋側に下り、右手に太平洋の打ち寄せる白い波を見ながら北上すると、海岸の杉木立から赤い屋根が見えた。鵜磯小学校の校舎だった。住宅は、校舎裏手、トラックはそのまま走って止まった。住宅の前だった。入口までは竹藪の小路だった。竹藪をかき分けて荷物を住宅に運び入れた。一緒について来た妹たちはあ然としていた。ほかに人家は見当たらず、人も見えず、竹藪の中で。住宅はだいぶ傷んでいたが、二部屋に台所、便所、風呂が備わっていた。荷物が住宅の中にひとまず納まったので、送って来てくれた人々にお礼をし、持って来た茶菓をあげしばし談笑した。夕刻も迫り、手伝いの人々は、車で去って行った。

あとに残された夫婦は、姥捨山《うばすてやま》さながらの、寂寥《せきりょう》感におそわれた。息子の直樹は四月から函館の北教大函館分校に入学のため、函館の下宿屋に移っていた。すっかり暗くなったので電灯をつけ、妻が雨戸を閉めようとして戸袋から雨戸を引き出したとたん、悲鳴をあげた。何事かと見たら、カメ虫の大群のひと塊《かたまり》が妻の頭上に落ちたからたまらない、室内にカメ虫が散乱した。

妻はとうとう泣き出した。思いもかけないカメ虫群は大歓迎のつもりだったかもしれないが、なんといっても、ここは僻地。気を取り直して夕食を済ますと、鵜磯、ただ一軒の野崎さんの家に挨拶にと二人で住宅を出た。

野崎家は、浜の近くにあることは、昼のうちに確かめていたので、住宅から狭い通い道を辿れば分かると思い、暗がりの中、足元をさぐりながら浜に向かって下って行った。

家の明かりが見えたと思った、とたん、またしてもびっくり、突然、暗闇の中から、けたたましい犬の声。思わず、初対面のご挨拶どころか、私たちは玄関の中に飛び込んだ。思わぬ闖入者《ちんにゅうしゃ》を野崎家の人々は温かく迎えてくれた。これが野崎さんとのお付き合いの始まりだった。

野崎さんは大山林主。地域の有力者であり、学校に対する物心両面の後援者で、ＰＴＡ会長でもあった。

四月五日、入学式が行われた。かわいい一年生が入った。男の子三人、女の子三人。六人がちょこんと椅子に腰掛けて緊張気味だった。新入生と新校長。新しい者どうしの対面。そして、無事入学式は終わった。続いて始業式。講堂のステージから見下ろすと、左から六年生男二人、五年生男一人女四人、四年生男一人女二人、三年生はなく、二年生男三人、一年生六人、それぞれ一列にきちっと並んでいた。みんなで十九人、教員六人、用務員一人、以上で、鵜磯小学校の船出であった。

鵜磯小学校の学区は重茂半島の北部、戸数六十戸。半島の台地に点在して半農半漁を業としている地域である。

学校の歴史は古く昭和五十四年には、創立百周年記念を迎えていた。

授業は少人数複式で行われていた。そのほか全校合同活動が有効で、朝会の場を活用して、朗読会、お話し会などで少人数の欠点を補う工夫がされていた。

市内小学校の音楽会が、毎年市民会館で開催され、毎年、鵜磯小は全児童が参加していた。この年も全児童十九人が参加した。

自分より大きい楽器を抱える子ども、ピアノに向かう子ども、マリンバのばちを握って構える子ども、一人一人が緊張の面持ちでステージに立った姿は、最も目立った。合奏した曲は「シルクロード」、流れるように場内に響き、会場から大きな拍手をもらった。子どもたちは興奮で上気していた。

指導したO教諭は、全教師の協力態勢をとり、児童には、全員の演奏パートを選定して、練習を組織化して進めた。合奏発表の成果の陰には、O教諭の指導力と、野崎PTA会長はじめ役員の無償の協力があった。

昭和五十七年、学校公開研究会を開催することを職員会議で決め、研究は作文指導にした。二月実施を目指して研究と準備に取りかかった。研究計画を教務主任に立案させ、まとめと準備渉外は校長が一手に引き受けた。

研究内容の印刷、講師などの費用の協力、そして、参加者の送迎、昼食接待の協力をPTAにお願いした。全て全面的に快諾をもらった。費用の財源は、重茂漁業協同組合の教育振興費から協力してもらった。漁協組合の教育振興費は、重茂四校に教育活動の補助として援助していたものであった。お蔭でなんら心配することなく研究を進めることができた。

二月十日、公開当日市内から六十名の参観者が来校し、小さな学校は溢れるばかりであった。児童は、大勢の参観者に囲まれて興奮気味の一日であった。刺激の少ない僻地校としては最高の成果であった。

参観者の送迎のため、宮古駅から鵜磯小までマイクロバスを運転してくれた野崎ＰＴＡ会長、昼食準備に協力してくれたＰＴＡ会員など、地域ぐるみの公開研究会は、地域教育振興の成果でもあった。

小規模校間との交流で子どもたちの視野を広げ相互理解を図るために、前から実施されていた内陸部の雫石町の上長山《かみながやま》小と交流会を実施した。

昭和五十六年八月、夏休みを利用して雫石から児童、ＰＴＡ会員たちが鵜磯に来た。一泊二日で学校に合宿し、昼は鵜磯の浜で海水浴し、夜はゲームや歌で交流し楽しんだ。合宿には、食事の準備、炊事などＰＴＡに協力をお願いした。冬期には、鵜磯の児童たちが雫石を訪ね、共にスキーを楽しんだ。交流行事はＰＴＡ、地域の協力があっての成果であった。

その他、学校運営にあっては、目に見えない地域の人々の協力があって成り立っていた。

施設営繕については、緊急時などでは、即応してくれる地域の協力が頼りであった。

水道はたびたび断水することがあった。重茂半島は市水道が未設置であるので、鵜磯小は、谷川から引いた簡易水道であった。上流からビニールパイプで水を引き、タンクに貯水し消毒液を注入して、学校と住宅に供給していた。大雨で谷川が増水し氾濫した場合、断水がたびたびあった。そのたびに私は自ら現場に急行し、土石を取り除くなど、不慣れな作業をしなければならないこともあった。このような時には、必ず野崎さんに協力を懇請し、協力してもらった。春先には太平洋側は大雪になることがあった。一夜にして数十センチの雪で校門から玄関まで埋まった朝には、ブルドーザーで除雪してくれた。僻地で、行政の手の及ばないことを補ってくれることを、当然のごとく甘んじていいのか。複雑な思いであるが、ただ感謝の思いのみであった。

妻は、ほとんど毎日のように野崎さんの家に通っていた。

野崎家は多忙だったので、その手伝いもあってのことであった。浜と山の仕事の時期には、人手を借りなければならないことがあった。そんな時にはなおさらのことであった。山の仕事ではしいたけの栽培から収穫、乾燥までの作業であった。妻は野崎家の作業員になったつもりで喜んで手伝っていた。お蔭で、ただ無聊《ぶりょう》の僻地生活は最も楽しい時期を過ごすことができた。

三月、例のように太平洋岸は春雪に見舞われた。彼岸の墓参りを終え、鵜磯に戻るため、私と妻は津軽石でタクシーに乗った。白浜峠に差しかかった頃から雪は本降りになり、頂上の手前で吹雪は激しくなってタクシーはスリップし、ついに動けなくなった。瞬く間に車は雪に覆われてしまった。動けないタクシーの中で不安を覚え、無線で会社に連絡、会社から市の土木課と、野崎家に救助の連絡をするようにと運転手に頼んだ。雪の中の車で待つこと一時間ほど、先にやって来たのは、市の大型ジープだった。次になんと、野崎さん兄弟、スコップを手に駆け付けてくれた。瞬く間にタクシーは救助された。

雪の白浜峠は鵜磯の思い出で忘れ得ぬ一事であった。

甲子《かっし》小学校の二年

昭和五十八年三月末、鵜磯を離れることになった。野崎家の人々と別れを惜しみ、再び釜石に戻って来た。甲子小学校が次の赴任校だった。

甲子小学校は、釜石市街より西に、かつては甲子村の中心校だった。歴史は古く、校舎は古色蒼然とした木造二階建ての大規模校であった。教員住宅は、校舎の裏手にあって平屋三軒長屋で、住宅の裏の空地が畑になっていた。前には鉄筋コンクリートの高校教員住宅が建っていてその後ろは釜石線の線路だった。引っ越しの翌日、私は学校に挨拶に行った。

職員室に入ると教頭が現れ、挨拶をすると、居合わせた職員に声をかけて紹介してくれた。職員たちは、何やら年度末の始末でもしている風であった。

旧甲子村時代は村の中心校であった甲子小学校は、釜石市と合併後は釜石製鉄所の従業員の住宅街ができ、児童数が増え大規模校になった。大企業の影響もあり、学校教育に対する関心は高く、児童の学力は高いと聞いていた。

着任して校長室にも落ち着き、何日か経って、学校内外にも目が届く余裕ができた。

校長室の窓から校庭が一望できた。校庭は南面し、端に桜の古木が四本、鬱蒼と茂っていた。校庭の周りは金網のフェンスで囲まれていた。フェンスの所々に一斗缶がぶら下がっていたが、目障りに思えた。中には紙屑や食べがらがいっぱい詰まっていた。校庭に落ちているごみであった。この一斗缶のごみの始末は、用務員の仕事であることはあとで知った。紙屑、食べがらは、放課後、日曜日などに、校庭で自由に遊んでいた時のものであり、用務員はその始末に追われていたのであった。

一斗缶を撤去すればどうなるだろうか。ごみの棄て場に困り、校庭はごみだらけになるだろうか。否、一斗缶があれば安心と、食べ歩きを助長しているとさえいえる。この悪循環を断つには、この一斗缶サービスは、不要と決断した。もし校庭に紙屑を棄てるようであるなら、棄ててはいけない。食べ歩きはしないように指導するのが、本来の学校教育という結論に達し、フェンスから一斗缶はなくなった。用務員は汗だくのごみの回収はなくなり、別の用務をすることができた。校庭の紙屑の心配がなくなった。校庭では食べ歩きはできない環境になったからにちがいない。

校庭の端の桜の古木に天狗巣病《てんぐす》にかかった枝葉が目立ってあった。このままだと全体に伝染して倒伐しなければならないと、用務員と相談して、病気の枝を伐り取ることにした。脚立の上で用務員が鋸で伐り取るのを私は下で指示していた。天狗巣病にかかっている枝の葉はちぢれて変色して枯れていた。用務員が、枝を伐り落としたとたん、異変が起きた。一羽のカラスが突然、二人の男に向かって、低空で勢いよく頭上を目がけて襲って来た。鋭い嘴《くちばし》を突きたてるように、何度も襲って来た。桜の木にはカラスの巣があった。カラスは巣の側の枝が伐採されたので抵抗したに違いない。このカラス事件は今回だけで収まらなかった。

翌朝出勤時、校門を通って正面玄関に向かって歩いていた時、後方から頭部を急襲された。昨日のカラスであった。玄関に入るまで何度も繰り返し襲うので蒼くなって玄関に飛び込んだ。

夕方、妻が魚店からの帰り道、一羽のカラスがあとをつけて来たという。途中、突然、カラスは飛び上がって、今度は、妻の前に立ちはだかるように迫って来たと。「オッカナカッタ!!」と話していた。さては、例のカラスだったのか。

カラス事件はこれが最後だった。

年の暮れ、岩手県書写書道研究会会長が来校、来年の県書写書道研究大会の会場の依頼であった。会場校は研究授業を公開しなければならない。

私は職員会議で意見を聞いた。職員の意見は、曖昧《あいまい》だったので先進校を視察した上で、研究内容を具体化し、職員に提示してから決定することにした。

教務主任と、前年の研究校、盛岡の桜木小学校を視察した。校長より研究内容と成果について説明を聞き、校内を一巡し、児童の作品を見て研究成果を確認した。

書写書道の基礎基本の指導は、鉛筆の正しい保持、筆の執筆、用具の使い方、姿勢などに関わり、研究成果が期待されると、確認できた。帰りの車中で教務主任と視察について意見を交換し、研究の有効性を確かめ、実施に自信を得た。

帰校して視察を職員会議に報告し実施が決まった。県書写研に連絡し研究に取りかかった。教務主任と研究主任で研究計画を立て、全職員に提示し、十分理解された段階で実施することにした。昭和五十九年四月から開始し、十月予定の研究大会まで、六か月間という制約の中で研究を開始した。「確かな書写能力が身につく指導法の工夫」がテーマで、二十回に及ぶ研究授業が行われた。研究会では、外部から講師を招き、教師一人一人の指導にアドバイスをしてもらった。書写書道の際の運筆で一点一画に全神経を集中している子どもたちの姿は、まさに教育の原点を見る思いであった。

十月十二日に大会が開催され、県内から、百三十人が参観し、盛会であった。

翌、昭和六十年三月末、突然の人事異動で私は市内小佐野中学校に転勤を命じられた。甲子小学校では二年間の勤務だけで、十分な仕事もなし得ず去ることに未練を残しての転勤だった。

小佐野《こさの》中学校　最後の四年間

小佐野中学校は、釜石の市街地西にあって、かつては釜石製鉄所の社宅街の中にあり、製鉄所の最盛期の昭和四十年頃は、生徒数千七百人というマンモス校であった。その後、製鉄所の合理化で従業員の移転などで生徒数は減少した。昭和六十年には、最盛期の三分の一の六百人になっていた。それでも、市内ではトップの大規模校であった。かつ生徒の問題を抱え歴代校長は生徒指導で悩んでいた。前年には、廊下を自転車で走行した男子生徒が、注意した男性教師を殴り大怪我を負わせて、ニュースで報じられた事件があった。名にし負う問題校であった。

転勤が決まると、人事には限り有る、神の加護を祈願しようと思い立ち、釜石の東岸の丘に鎮座している尾崎神社に妻と参じた。

宮司に職務遂行、安全祈願を祈禱してもらった。宮司の唱える祝詞《のりと》に低頭し、身のひきしまる思いがした。いかなることが待っているか分からないが、神の加護を願った。

前任の朝倉校長の引き継ぎでは、ようやく、朝会で生徒が大人しく並ぶようになったという話だった。これまでの苦労が思いやられた。学級数十七クラスの校舎は、かつての大規模校の時に建て増しし、複雑に入り組んでいた。全校いたる所に隠れ場があり、見通しが悪く、生徒指導上極めて条件の悪い建築であった。さて、何から手をつけたらよいか。問題だらけの新任校に頭を抱えたが、とにかく、校長室にばかりにはいられない。私は校内の巡回を始めることにした。巡回は校舎の一番奥の三年生の校舎から始めた。三年生は五クラスで新しく増築した校舎で、小佐野中では一番明るく廊下は広く見通しが良かった。私は廊下の端に立って全教室を見た。ところが、早速異常なものが目に入った。一番奥の教室の出入口から片足がはみ出ているのが見えた。近付いて見たら、入口そばの席の男子生徒。右足を廊下に出して机上にうつぶしていた。ポン、ポンと膝を叩いて、「交通妨害、脚をひっこめろー」と囁くと、彼は突然、校長がそばにいるものだから、驚いて足を引っこめたが、何やら喚《わめ》いた。彼はほとんど授業に集中していなかった。授業を邪魔してはいけないとは思いながら彼のそばで見守った。生徒の名前はN君。小佐野中で初めて知り合った生徒だった。授業終了のチャイムと同時に生徒たちが一斉に私を取り囲んだ。校長の禿頭を撫でたり、肩に触ったり、校長、校長と呼んだり、N君の声がした。ようやく彼らから脱出して校長室に戻ることができた。予想外の出来事に驚いたが、恐怖感は覚えなかった。彼らはただじゃれているに過ぎなかった。

彼らからの大歓迎を受けてから、後日N君の母親の話を担任から聞いた。「小佐野中に入って初めて校長先生から声を掛けられた」と息子が言っていたと。それから、N君は、授業中に校長が来るのを待つようになったという。

N君は問題生であった。注意されると、ことごとに教師に反抗した。恐らく彼は声を掛けられるのは注意される以外はないと思ったのであろう。

私の教室巡りは続いた。生徒たちは、今日も校長が来るかもしれないと、噂をするようになった。教師たちには、生徒の様子を見せて欲しいと頼んでいた。ただ、授業を邪魔してはいけない、と思って教室の出入りのタイミングに心掛けた。校長室は三階にあった。南北が窓で外部がよく見えた。ある日、生徒が二階の教室から抜けて脱出する光景を発見した。二、三人の二年生の男子だった。私は職員室に飛んで行って教頭に知らせた。教頭は生徒指導担当に連絡、職員室にいる男性教師全員に指示した。脱出生徒を押さえるため、教師たちは校外に飛び出て行った。生徒たちは敏捷に市街地を抜けて、山手にある薬師公園に逃げた。あらかじめ他校の仲間と示し合わせていた行動であったようだ。

当然、他校の教師たちも飛んで来ていた。薬師公園の大捕り物事件は教師たちに軍配が上がった。私は一部始終、逐次、市の教育委員会に報告した。このような事件は、ひっきりなしに発生し、生徒の心が動揺していた。校外に刺激を求め、似たような生徒同士がつながりを持って問題を大きくする例が頻発した。

各校は、生徒指導主事を任命し専ら問題生の指導に当たらせていたが、担当教師だけでは手に負えないほどの状況になっていた。小佐野中は、生徒指導体制は、校長、教頭、生徒指導主事、指導部員若干名で構成し、重大問題発生の場合は集団で事に当たる態勢をとった。

校長の強力な指導力は教師たちにも、生徒たちにも大きな影響力を及ぼすものと考えた。昭和六十一年、校内で大事件が発生した。増築した新校舎の外側壁面に青のペイントで落書きがされていた。朝に発見された。直ちに指導会議を開き、校長の私から方針を提示した。落書きは放課後、夜間あるいは早朝にやったもので、生徒を含め部外者の犯行、器物破損事件として、警察に通報し、次に、緊急に生徒集会を開き、事件の顛末と、学校の方針を話し、さらに警察が来る前に、やった者がいるなら正直に申し出るようにと。以上のことを全職員で確認して生徒集会に臨んだ。事件に対する学校の一致した強力な態勢で強い方針を生徒たちに伝えることは、生徒への圧力になったものと思った。大半の善良な生徒たちには安心と信頼を、悪意ある生徒には問題行動の抑止の効果を期待した。犯人探しは限界がある。私は不可能であると考え、正直に担任に申し出るようにと、指導の余地を残して、集会を閉じた。警察は来て現場を調べて引き上げた。生徒たちはそれを目にしたことで、学校の本気度を感じたかもしれない。

教育委員会に内容を報告し、その夜、緊急に父母会を開き、事件の内容と処理、指導経過を説明し、校外における生徒の指導について協力をお願いした。

私は生徒の心が荒《すさ》んでいるのは、環境にも一因あるものと考えた。回って見てどこも汚れが目立ち、古いコンクリートは崩れ、鉄筋が剝き出しているところさえあり、教育の場には相応しくない環境であった。

生徒昇降口は生徒の玄関、学習への入口でもあるにもかかわらず、汚れの甚だしいのにあ然とした。下足箱の踏み板は土砂で汚れ、地面同然になっていた。これでは、踏み板の用をなしていない。踏み板が汚れているから、誰一人として、踏み板前で靴を脱ぐ者はいない。

平気で土足のままで踏み板に上がって上靴に履き替えて校内に入って行く。上靴は当然土砂で汚れたまま、こうして何百人もの生徒が校内を土砂で汚す悪循環で校内は汚れっ放しであった。

これは、指導より、行動、掃除をして踏み板をきれいにするほかないと考えた。

生徒が登校する前の時間をねらい、私は一人で昇降口の掃除を始めた。もちろん、前日の放課後には当番の生徒が掃除はしているが、それとは無関係のように、生徒は容赦なく土足で上がっていた。

やがて登校して来た生徒たちは、校長がホウキを持って掃除をしているのを見て、一瞬、戸惑いながら、お早うございます、と挨拶した。「土足で上がるなよ」と声を掛けながらも、掃除を続けた。生徒が続々と登校して来た。職員は玄関は別だが、当然のこと、これを目にした。これは校長のパフォーマンスではない。

毎日続けないと効果がないと、一週間経ち二週間と毎朝続けた。勤務時間外なので、教師たちには命じられない。やがて変化が見えてきた。

生徒たちは校長が毎朝やっていることは当たり前のように、見ながらも自然に踏み板の前で靴を脱ぐようになった。中には、「校長先生、お疲れさまです」と挨拶する生徒がいたり、思わず苦笑した。そして、協力者が現れた。

一人の男性教師、この場所の当番生徒の担任だった。彼は割当表を作って生徒にも朝の掃除を命じ、自らも掃除した。思わぬ昇降口の変容に喜んだのは、女子生徒たちだった。毎朝取り替えてくる新しい白いソックスを汚す心配がなくなったから。

ある日のこと、突然、二人の婦人たちが校長室を訪ねて来た。二人は、小佐野駅に生花を飾って、ボランティア活動をしている婦人たちであった。今度は、小佐野中学校の昇降口にも飾らせて欲しい、という申し出であった。

なんと、こんなにも早く効果が表れるのか、と驚き、山中の薮の中に観音様が現れたような思いがした。

生徒昇降口には、婦人たちの手になる生花が飾られ、生徒たちの心を和ませた。

その年の暮れ近く、驚くなかれ。生徒会長が校長室に来た。「校長先生、今度の生徒総会で生花を飾ってくれた方々に、生徒会より感謝状を贈りたいと思います」と申し出た。

ああ、なんということか。と感動を覚えた。

こんなに急転直下に事態が好転するものだろうか、と不思議に思えた。生徒総会に招かれた二人の婦人たちに会長から感謝状が渡された。このことがささやかながらも生徒に与えた影響は予想外に大きかった。

校内の汚れだけでなく、グラウンドのごみは放置され風であちこち飛び散っていた。掃除の時間は教師も一緒にと指示し、私もごみ袋を持って巡回、大きなゴミ袋いっぱいになるまでごみを拾って歩いた。ごみは焼却炉に持って行く前に校長室に保管し、翌日の朝会に使った。校長訓話で、ごみ袋を壇上に上げて百聞は一見に如かず。この袋には、君たちの昨日までの行動の証拠が詰まっている。食べがらだらけのグラウンドでは、どんなクラブ活動がされていたか。想像できる。これではスポーツも強くなれるはずはない。と、通り一遍の説教だけでは、どうにもならない現状打破の試みだった。

校長室の窓下から「校長先生、ごみ袋下さい」と女子生徒が叫んでいた。二人の女子生徒がクラブ活動でごみを拾い始めていた。

登校時は、生徒の一日の学習状態を予測できる最も大事な時間であった。買い食いして来る者、自転車を二人乗りして来る者、服装の乱れている者、遅刻して来る者、こんな状態では、正常な授業ができるはずがない。職員会議で朝の登校指導をすることを決定し実施した。教師たちが校門に立った。問題のある生徒は教室に行く前に別室で指導した。さらに通学途中の生徒の実態は、ＰＴＡの協力で観察してもらった。

教師と親が一体となった取り組みは、生徒間に緊張感を与えた。

一朝一夕では効果は期待できないものの、行動を起こすことは、無駄なことではなかった。

生徒会を動かして学校周辺、通学路一帯のごみ一掃作戦を実施した。学年、組ごとに割り当て、ごみ袋など準備し開始した。日頃、通学路を汚し、地区に迷惑をかけていることへのお詫びのつもりでと、生徒にごみ拾いの目的を話した。二時間の作戦だったが、校庭の焼却炉前に山のようにごみが積まれた。小佐野中の活動を聞きつけて老人クラブがリヤカーを引いて協力してくれた。作戦は大成功だった。

うす汚れた校舎のコンクリートの壁面を、明るい絵で飾りたいと思い、文化祭で全クラスが作成した壁画を、階段の壁面に掲示し、格言、寸言も墨書しプレートに貼り付け、掲示した。校内環境に変化を持たせ、生徒たちの心に潤《うるお》いを与えたかった。

昭和六十年、文部省（現 文部科学省）指定の「心身障害児理解推進」の学校公開研究会を開催し、養護学校と連携しながら、障害児とのふれ合い、交流、理解を深めることができた。このことを通して生徒は思いやりの行動を体験することができたと思う。

昭和六十一年、文部省指定「格技指導」の研究公開をした。格技は柔道を体育に取り入れ、専門教師を中心に全教師が研究に参加して実施した。柔道の技術は専門教師で、その他格技に伴う指導内容はその他の教師で当たるなど、研究を推進した。これを通して生徒は忍耐、協力、寛容の道徳性を体験的に養うことができたに違いない。

柔道指導の中から、女子柔道で全国選手権大会にも出場した傑出した生徒も生まれた。指導に当たったS教諭は柔道指導にあっては優れた指導者であった。

T君は、三年生で問題を起こし、たびたび教室を抜けだしては担任教師を困らせていた。卒業後の進路は八方塞がりで彼の進む道はなかった。唯一、B町の会社に就職が決まったので、彼を校長室に呼んで激励し、腕時計をプレゼントした。彼は喜んだ。喜んだはよいが、学校中に時計を見せびらかして歩いた。校長から安時計をもらったと。彼がいよいよB町に行く日になって担任の車に乗せられ、私の住宅に挨拶に寄った。「体に気を付けて働けよ」と肩に手を掛けたら彼は泣き出した。

その日から一か月も経たないのに、もう彼は帰って来たと担任から電話があった。

平成十年のある日、一人のセールスマンの来訪があった。セールスの要件を言い終わったとたん、彼は、私に「旦那さん、どこかで見たことがありますね」と言った。よく見ると、T君ではないか。背広にネクタイ、髪をしっかり整え、驚きの対面だった。T君はその後結婚して、子どもは二人いると言った。

昭和六十四年、退職の年を迎えた。一月七日、今上天皇崩御のニュースが流れた。昨年末より一進一退のご容態は克明に報道されていたが、国民の祈りも空しく亡くなられた。急ぎ用務員に電話で、弔旗を校門に立てるようにと指示した。出勤して見ると指示どおりだった。町中は正月気分も冷め、ひっそりと、昭和の終焉を迎えているようだった。

終

あとがき

『昭和の記憶』は私の人生の大半を過ごした時代の集大成であり、自分史でもある。冒頭に生地と出自、曾祖父母、祖父母についてふれたことは、自分史の原点を確かめるためであり最も書き留めたいと思ったことである。幸い、幼い頃より父が時に家族に物語って聞かせてくれた先祖のことを、子や孫に言い伝えておくべきだと思ったからである。

記憶の前半の戦前戦中にあったことは、凄惨で残酷な多くの体験をすることはなかったが、貧しくて苦しい生活は存分に味わった。その中から何とか生き抜くことができた平凡ではあるが、パワーを感じてもらえれば幸いである。

後半の戦後は三十九年にわたる教師人生について書き留めた。そのスタートが特色ある鉱山の私立学校であった。ここでの経験は長い教師人生の中で、最もインパクトのあるものであり実践力を鍛える機会でもあった。これがその後の数校での教師人生に影響したが、十分に説明しきれていなかったかもしれない。

しかし、実践の中で子どもや教師たちとの関わりの中から、教育のパワーを幾分でも感じてもらえたのではないかと思っている。

ともかくも、人生の終末に及んで、この世に生きてきた「証」として、何とかまとめることができた充実感と喜びは何よりである。発刊にあたって、懇切、丁寧にアドバイスとご支援を下さった文芸社のスタッフの方々に心より感謝申し上げます。

平成三十年十月三十一日

佐々木　順一

著者プロフィール
佐々木 順一（ささき じゅんいち）
昭和３年　岩手県生まれ
昭和20年　岩手県立遠野中学校（旧制）卒業
昭和20年　岩手県気仙郡旧上有住国民学校代用教員
昭和21年　岩手師範学校本科入学　昭和24年卒業
昭和24年　私立釜石鉱山学園教諭　昭和42年退職
昭和42年以降、岩手県公立学校教員として、小中学校に勤務、平成元年に定年退職。
教師を退職後、岩手県土地開発公社嘱託、遠野市教育文化振興財団所属、遠野市行政区長を務める。また、遠野市福祉ボランティア「年輪友の会」を結成し活動した。
現在、岩手吟詠会遠野吟詠会相談役担当師範、遠野市太極拳連盟会長を務める。
その他、平成3年に毎日新聞「郷土提言賞」論文の部優秀賞受賞。テーマ「21世紀を展望した北上山系と陸中海岸のふるさとづくり」

昭和の記憶

2019年４月15日　初版第１刷発行

著　者　佐々木 順一
発行者　瓜谷 綱延
発行所　株式会社文芸社
〒160-0022　東京都新宿区新宿1－10－1
電話　03-5369-3060（代表）
03-5369-2299（販売）

印刷所　株式会社フクイン

ISBN978-4-286-20443-7